寂天菩萨说，在人生的某一个时刻应该义无反顾地去幽静的地方行走，
这会把我们带向觉悟的道路。

在行走中找到自己。

呼

唤

这一年，九天八夜，无人区，狼，瑞雪，天雨，晴空，四千米以上，经幡，风马旗，玛尼堆，牛骨，鹰……一步一步，用脚丈量自我心灵的国土，2012 年，这一群人，都是国王，内心里的！

也许时代在沉沦，在沉沦的大时代里，你我都会觉得很无力，很无奈；但再无力再无奈，个人总要找到自己的出口，总要把生命一步一步地走完，总要尽力让生命走在自己的路上。也许这个世界很不完美，在污秽的环境里，你我都会觉得很压抑，很迷茫；但再压抑再迷茫，个人总要找到自己的天地，总要把生命一步一步地走完，总要尽力让生命走出自己的世界。

不论这个世界多么嘈杂，我们的内心总要有一种呼唤，呼唤一个洁净的世界。不论这个世界多么堕落，我们的内心总要有一种力量，引导我们去创造一个更洁净的世界。

人生下来，都是要往前走的。有的人走着走着就把生活走成了泥潭，有的人走着走着就把生活走成了自己的道路，有的人走着走着就把生活走成了无垠的天空。可以在泥潭里厮混一生，也可以在路上行走一生，也可以在天空飞翔一生。

期待着这个世界变得更好，却不愿意改变自己一个小小的坏习惯；祈求着命运之神眷顾自己，却常常为了“现实”而放弃自己的梦想。这是问题的所在。人类的每个时代，每个社会，每个人的一生，都动荡不安；几乎所有人在内心都想寻觅一块洁净的地方，逃离这个无法掌控的世界。那个洁净的世界在哪里呢？

杨绛先生曾说，社会可以比作“蛇阱”，但蛇阱之上，天空还有飞鸟；蛇阱之旁，池沼里也有游鱼。意思是，不论这个社会怎么样，不论这个环境怎么样，每个人其实都可以成为他想成为的那种人，都可以“消失于众人之中，如水珠包孕于海水之内，如细小的野花隐藏在草丛里……安闲舒适，得其所哉”。

不论这个世界多么糟糕，你自己的世界一定要精彩；不论人心多么暗黑，你的内心一定要明亮。不要用糟糕去对付糟糕，不要用黑暗去对付黑暗。

其实，你可以远行。只是远行的时候，不要只带上干粮和行囊，你应该带上你的翅膀！有了它，你既可以用脚丈量荒土，还可以御风俯眺山峦。带上你的翅膀，别忘记你的翅膀。它在哪里？它就在你的眼里、背上、脚上。它，其实一直都在你的心里！

转山路上，风餐露宿，发现：手机信号不一定是必需的；洗澡不一定是必需的；看电视不一定是必需的；上微博不一定是必需的；名牌不一定是必需的；很多很多东西在走路的过程里都是负累，都可以扔掉。在山里，只有空气是必需的，阳光是必需的，体温是必需的，干净的溪水是必需的。

陈坤　演员／主要作品　电影「画皮」个人随笔集「突然就走到了西藏」等

费勇　学者／主要作品「转念的力量」等

纪文汐　文字统筹

王慧雯　编务统筹

施伟宏　视觉统筹

刘婷　美术设计

陈铖　装帧设计

唐莉　版式设计

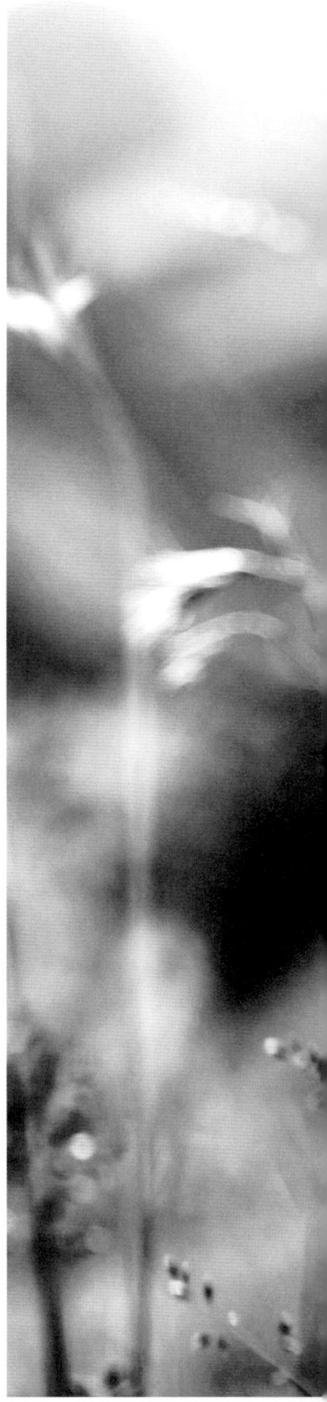

本期作者

［按字母顺序排列］

比尔·波特　作家／翻译家／多次在中国寻访古典文化的遗迹／主要作品［空谷幽兰］［禅的行囊］等

柴春芽　作家／主要作品［寂静玛尼歌］［我故乡的四种死亡方式］等

草　西　通讯社记者／纪录片编导／长年在路上晃荡

杜家毅　导演／演员／电影制片人／主要作品 电影［转山］等

韩　寒　作家／赛车手／主要作品［三重门］［我所理解的生活］等

黄爱东西　专栏作家／主要作品［花妖］［我有一个同事］等

黄佟佟　专栏作家／主要作品［最好的女子］［傲慢即偏见］等

蒋方舟　作家／主要作品［正在发育］［邪童正史］等

田　原　歌手／演员／作家／主要作品 小说［双生水莽］［一豆七荛］音乐专辑［田原］等

摄影师

尹　超／田　原／吴齐力／刘　婷／施伟宏

呼唤
洁净的
世界

北京联合出版公司

6 – 40

[谈天]

陈坤　韩寒

我们一起谈谈这个世界　谈谈这个世界里的我们

比尔·波特　费勇

读读书　走走路　漫步回到古典的细节里

42 – 192

[在阿尼玛卿山呼唤洁净的世界]

转着转着　就转动了内心的世界

转着转着　就转动了现实的世界

转着转着　一个平凡人可以创造一首史诗

[杜家毅　转山是平凡人的史诗]

194 – 207
[故事]
柴春芽
你见过央金的翅膀吗

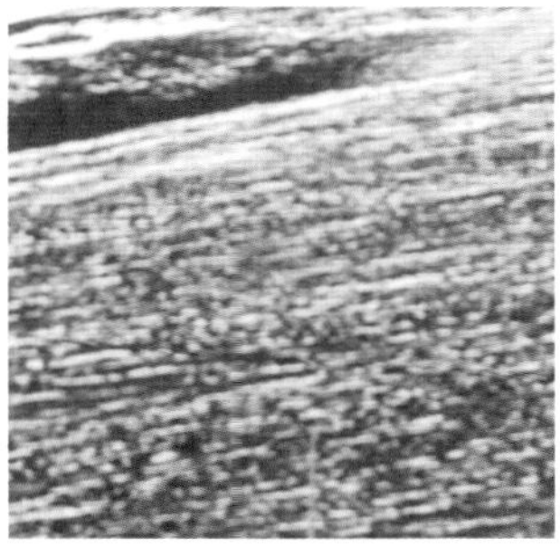

208 – 223
[说地]
黄爱东西　黄佟佟　蒋方舟
我们一起谈谈这个世界里女人的路　谈谈我们的路

224 – 294
[行姿]
田原
我生命旅程里那些奇妙的瞬间
草西
我生命坐标里那个特殊的门牌号
费勇
我记忆里的江南寺庙

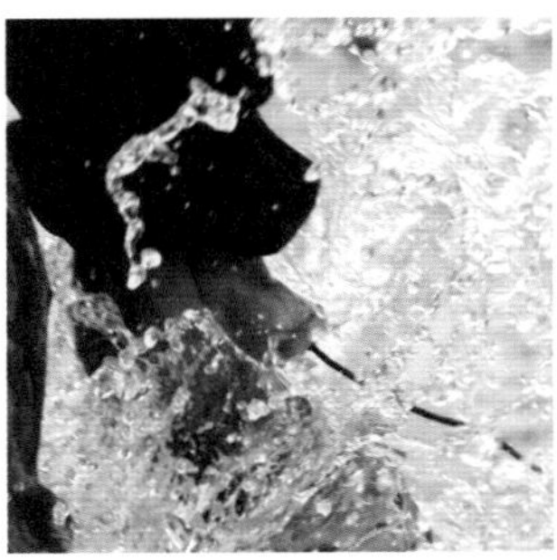

出品／東申九歌

谈天。

寂天菩萨说，在人生的某一个时刻应该义无反顾地去幽静的地方行走，这会把我们带向觉悟的道路。

陈坤　韩寒

2012 年 11 月 28 日 / 下午 / 北京

记录 / 趴小趴

陈坤 韩寒：

我们一起谈谈这个世界
谈谈这个世界里的我们

说不说真话 真相都在那里

陈　坤：我一直在看你的眼睛，思考一个问题：这样一个温和的表象，是如何流露出那样锋利的文字？这是我很感兴趣的。

韩　寒：因为我把所有不伤害人的话全都说出来了，把伤害人的话全都留在了脑子里，半夜回家可以写。

陈　坤：我们的区别在于，我把所有伤害人的话都说出来了，把不伤人的话留在脑子里。所以今天的谈天，你也许不会说出真话。

韩　寒：你讲了一句万能的话，“你永远都没有说出最真的话”，这句话永远都是有道理的。真话其实是一定要说的，但最真的话，往往会给人带来伤害。

陈　坤：这让我想到“真相”这个词，很多人都在说要寻找真相，但真相是大部分人不愿意面对的。比如，我们都会老去，都会死掉，这是最真实的事情，但我们害怕，不敢面对。再比如，我们都会有过气的那一天，这是肯定的，但我们常常沉湎在虚假的繁荣里。所以，我常常在问自己：穿了那么多光鲜的外衣，当一件件很自然地被剥掉的时候，你恐慌吗？

韩　寒：但是我看到现在新来的那一拨（演员），我觉得这个挺难的。其实是这样，人都有虚荣心，你老是希望自己出门没有人认识，觉得生活不够自由，如果很多人说，假如有重新选择的机会，那要去做个普通人。但如果这个时候上帝"啪"地一声降落在地上，让他重新选择，他八成不会选普通人，反而甚至会选择成为更好的自己。不管一个人的名气有多大，他也总有一天会过气，会隐退，就看你如何去诠释，急流勇退也好，淡泊名利也好，被抛弃、过气，都是源于自己的心和行为。你如果出一本书可以卖一两百万本，就会引发各种各样的解读，有些解读看着也挺心烦的；但是有一天你的书只能卖一两万本的时候，你更心烦。比赛也是这样，虽然我一直在扶持年轻车手，也会认为未来是他们的，但如果真有一天他们打败了你，你心里不会好受的，但这是迟早会发生的。

陈　坤：我想问，你自恋吗？

韩　寒：说实话，镜子还是会多看两眼的。

陈　坤：那你自恋的程度不及我。我拍戏的时候，导演都会对其他演员说，"看陈坤多专业，拍完了一场戏都不会在监视器里看自己被拍得好不好看"。其实我自己的想法是，你哪里知道，我已经到了自认为帅到无论怎么拍都好看的地步。但我的"自恋"有一个心理转变的过程。我在三十四岁以前，非常怕老。虽然我直到今天照镜子的次数可能是你的十几倍，但心态不同了。我在看镜子里多出的皱纹，同时在观察自己的心。"你恐慌吗？你被这条皱纹吓到了吗？"如果是以前，答案是肯定的。这两年我的心态有一个变化：你恐不恐慌，你都会老。当意识到这个以后，索性就用一种"我已经老了"的心态。当你承认自己老了的时候，你就帅到无敌了。然后你会发现一个更有意思的事情，原来真相是：你的心没有老。你刚才讲到的，总有一天会过气。其实我已经过气了，你懂吗？当我把自己看作已经过气的时候，我就不再担心人气，不再担心有多少人来找我。一切都是赚的。我现在玩儿的，是过气以后的事情。实际上，哥们儿是在跟自己玩儿。

韩　寒：其实很多时候，较量是自己与自己进行的，但同时我也觉得，自己和他人之间的竞技也是一种挑战。对我来说，我把所有输赢的概念都发泄在了赛车上面，然后再回到桌前拿起笔，到那个时候，是不能够有输赢之心的。

陈　坤：我有一个朋友，也是一名赛车手。有一天他问我："坤，你有没有想过来赛车，体验一种竞技的力量感？"这个问题引发了我的另一个思考和另一个层面的骄傲——我一定要去比较和竞技，才能肯定与挑战自我吗？跟自己玩儿可以吗？我的答案是可以。所以你可以把我看作是自 high 的人。你刚才说，拿起笔是不能有输赢之心的，我非常赞同。你把那个劲儿散了，回来之后就平和了，所以你从进门到现在的分寸感特别好，对每个人保持自己的尊重。

我们的懂 与我们的不懂

陈　坤：听说你在忙着做 app。好玩吗？我看你在微博上面算了一个“二五零”的成本。

韩　寒：其实还好。它可能最初只是一个稀里糊涂的产品，一个简单的你睡前或起床后能读一读的阅读应用。

陈　坤：每一个简单的表象，都可能有一个复杂的背后。通常这些背后的东西会让我们有犹豫：能不能做？怎么做？很多时候好像走到一个困境里，走不动了，其实，路是无处不在的，只要用心去走，就可以走出路来。

韩　寒：对，我的观点是，有些东西如果需要更广泛地传播，是要更多有影响力的人参与进来的，他们可能对某些事情不是那么了解，但是他们拥有这样一颗心。不必去拘泥于那些细节，因为那些细节是绝大多数人都可能不够了解的，但是这些问题归根结底其实不是问题，只是不同的人有不同的理解而已。

陈　坤：有时候我会在微博里讲出不同的观点，招来一片抨击声。我一直都在讲自己是个没读过什么书的人，在我的概念里，知识是人为创造的，规则也是。对此我一直有自己的判断。当我有一个清晰的观点，哪怕与知识相悖，我也会讲出来。在二元对立的世界里，观点与观点之间是相对的，不必随意去贴标签。庄子有一句话:“吾生也有涯，而知也无涯，以有涯随无涯，殆已！”我读到的是:有些追求，是人力所无法达到的。即使你费尽心思想懂更多，依然有你不懂的。所以庄子还有一句劝告：“知，止乎其所不能知。”每个人都有“他的懂”和“他的不懂”，重要的是，你是否能够“安于无知”，同时有自己的观点。所以现在当有人说我“不懂”的时候，我想我已经能够坦然面对。

韩　寒：这十几年来，我总是被人说“你不懂”，最初会非常不忿，还会沮丧，会觉得别人怎么这样挑剔，会想着去说服他们，有时又会表现出“不屑”。在这个过程里，我也一直在学习观察自己，观察自己的反应。也许，现在，我会把注意力更多地放在自己身上。

陈　坤：你说的“观察”，佛学里有个词叫“观照”。就是当一件事情发生的时候，看透它的缘起和走向。别人为什么攻击我？一定有原因，想一想别人为什么攻击我。可能是在打击一个正在成长起来的人，也可能是别的原因。大多数时候，回击没有任何意义。如果你很深地去探究别人的用心，你会发现人性肯定有很多阴暗面，也会发现很多张扬的攻击背后可能是非常卑微的心理，你会觉得佛教里那一个词：悲悯，真的是很好的一个词，可以唤起我们平和而宽阔的胸怀。

韩　寒：我对于佛教不是特别了解，但你说的“观照”“悲悯”这两个概念，带给我很多启发。虽然我们各自的领域不同，你是演员，我是作家，但我们可能有一个共同的问题，就是相对于一般人，我们要更多地经历如何面对他人看法这类事情。我们可能都是很随性的人，但作为公众人物，又要承受这个社会中的一些人对我们的想象和期望。是做一个讨大家喜欢的人，还是率性而为，有时候并不统一。

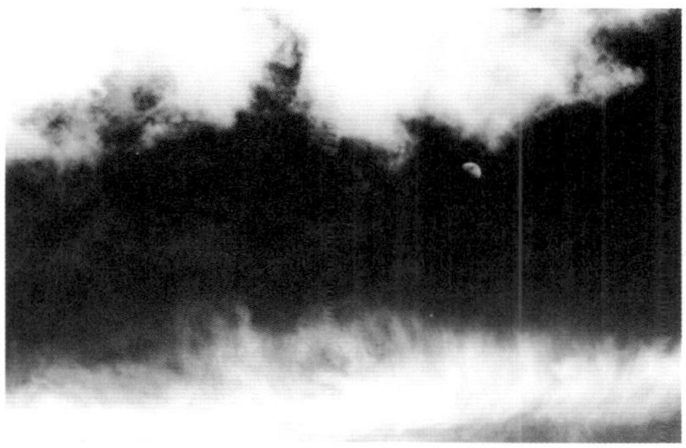

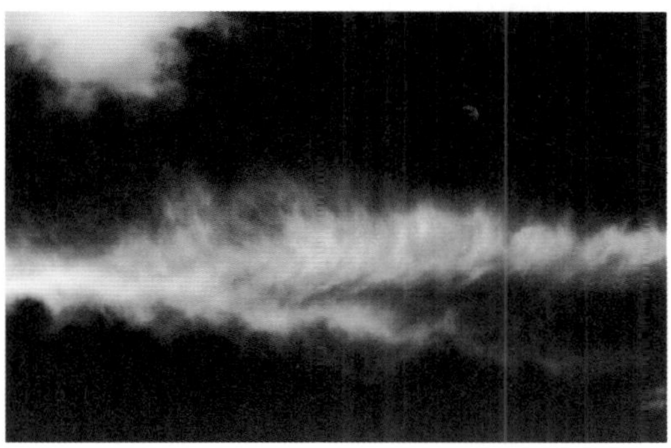

他们的框架 我们的框架 这个世界

陈 坤：我相信很多方法都可以传递正面信息，只要方法有用，无所谓你用了哪个。就像以手指月，有无数的手法，但是实际上你指的只是月亮。不论我们做什么，不同的人一定有不同的看法，如果你对于每种不同看法都要去解释的话，那么，我们的一生大概都要用来对人解释。我自己慢慢学会了如何面对不同的看法。只要我很诚恳地去做自己想做的事，用很好的发心去做，那么，我的心是笃定的。即使某些地方不够完善而受到误解或责难，我都能抱着“接受”的态度。任何话题砸过来的时候，我的态度都是“你是对的”。比如你说我傻，我说我比你想象的更傻。

韩 寒：是的，就像今天也有记者问我：“为什么你不回应，不说？”我说很简单：第一，他们不是我的儿子，我没有教育他们的义务；第二，他们不是我的车子，我没有修理他们的必要。其实就是这样。

陈 坤：有些人脑子里的“质疑”可以随意弹出，源头在于他们不相信。有人捐钱做慈善，不相信；电影拍得这么好，依然不相信……他们永远可以找到一个相反的所谓论据来证明他的质疑。

韩 寒：为自己找一个相信或不相信的理由，其实是被自己的思维习惯、喜好或某一个教条框住了。

陈　坤：十年前的我，为了修行，完全素食。当初拍《巴尔扎克与小裁缝》的时候，周迅饿了，跑到我的房间，打开冰箱一看，里面全都是素食。她说："你要做苦行僧吗？"这句话对我触动很大。我本以为那样的方式对我更好，但实际上，假想的苦行僧方式并非有助于修行，我是被自己的框架绑架了。所以文人的对垒，或许是被自身的道德观绑架了；演员或许是被"一个伟大演员的理想"绑架了……但这些都是不应该有框架的。

韩　寒：是的，走出来，然后打破它。有一段时间我不是很想写东西，积累用完了，对自己又有要求，不想重复自己，所以我就不愿意写了。自从参加比赛之后，当然对于我在街上开车还是没什么帮助，倒车还是倒不好。但是对于写东西有很大的帮助，会让我产生一种运动员的心态，和其他写作者是不一样的。我曾经写过一段话："它只想让你伏在地上，听听它的声音。当你休息好了，听够了，你随时可以站起来。"其实生活也是这样。

陈　坤：你刚好聊到一个我想要分享的心得。写《突然就走到了西藏》的时候，我就像写日记一样乱写，还有一部分我是录下来，工作人员帮我记录成文字，并不是为了成书而做的。后来费勇老师说，做一本书吧。很奇怪的，它没有任何障碍地成为现在这样一本书。在我的职业生涯里，有时演戏就像写作一样，我必须"离开"。拿到一个角色之后去想"我要怎么演好"，这是一个极大的心理障碍，但是当你完全放松，从心理上离开一下的时候，一切都顺了。

韩　寒：这一点我能够理解，但是现实中未必是这样。尤其是当影视业特别火爆以后，各行各业的文字工作者都进入到了影视业，所以我们拿到的那些剧本质量也是良莠不齐的。

陈　坤：所以回到演员来讲，得练就火眼金睛。我听说有人要找你演戏，这么说你未来可能成为一个演员？

韩　寒：我觉得我做导演可能会好一点，哈哈。首先我认为我去演，就是对一部电影的不负责。之前《二次曝光》找过我，我就一直推辞，我说真的不行，只要我一出来，观众就会笑场。在这一点上，我还是比较有自知之明。

陈　坤：在我的概念中，有几种职业是最容易转化成导演的，也的确有人在这么做，你怎么看？

韩　寒：其实是这样，做音乐的人和拍广告的人做导演会有一个毛病，就是喜欢把片子分小节。

陈　坤：看来你是准备做导演了，有研究。第一部作品是什么？会考虑让我来演吗？

韩　寒：我请不起你，哈哈。当然我要对你负责，就会对自身的前期工作要求很高。我其实一直都没有在这方面做得特别好。曾经卖过《他的国》给关锦鹏，但是没有通过审查；《一座城池》我卖给了一个新人，他希望可以通过这个故事去帮他完成自己拍电影的愿望，我一心软就答应了，但其实它是特别难改的，因为它没有故事情节。

陈　坤：我发现了，你的人和你的文字其实是两码事儿。你很柔软，很羞涩，和你犀利、辛辣的文字完全不同。人生就是这样，好多外表柔软的人，内心力量其实是很强的，反而是那些天天在叫嚣的，可能并没有这个能力。老天赋予的这种搭配组合是平衡的，外表的柔软，不代表内心不强悍，这可以说是成长过程里对自我的一个互补，所以那些看起来很蔫的人，是不能够小觑的。我举个例子，跟姜文导演见面之前，我以为他是外表很强势的人，但是见了之后发现，他极其敏感和细腻，比我这种“被人说成忧郁的人”还要细腻。

韩　寒：姜文很可能是会回家跟老婆撒娇的那种，我是那么觉得。

陈　坤：我通常对第一次见面很重视，嗅觉很敏锐，像我们家那只短毛狗一样。我用这样的嗅觉闻出了姜文导演内心的敏感。

韩　寒：一个写得好也演得好的人，他必须得敏感。

陈　坤：我觉得不论什么人，如果想活得自在，都应该有敏感的心。下午我和同事在公司讨论，主题就是“打破框架”。怎么打破框架？很复杂，但“敏感”是最基本的元素。只有敏感，才能对于各种条条框框有所警惕；只有敏感，才能对于未知保持好奇。如果一个人对于这个世界缺乏足够的敏感，我觉得他很难找到生活的乐趣。

我们的问题 这个世界不懂

韩　寒：我们常常在一些无聊的问题上纠缠不清。比如，我们常常会去讨论先有鸡还是先有蛋，其实这根本就没有什么可讨论的。如果这个世界上先有了鸡，那就让鸡生蛋；如果这个世界上先有了蛋，那就让蛋孵出鸡。这其实不是一个需要争执的问题。

陈　坤：我们人类，或许本身就是为了一个个未知的命题而创造出来的生命体。我经常对一些既定的事实产生思考。比如跳水，是谁的念头创造了这个体育项目？为此我们搭建一个场馆，全世界的转播车为它转播，所有人都在看。那么，我要问的是：你看的究竟是什么？跳水真的是必需的吗？以至于越来越多的孩子那么辛苦地去练习，而评判的标准也逐渐地水涨船高。

韩　寒：我觉得你非常适合我们的《一个》，我一定要邀请你来写一篇文章。

陈　坤：其实，我就是一演戏的……

韩　寒：你如果长得不那么好看的话，一定是个优秀的作家。

陈　坤：你竟然鄙视我父母送给我的礼物！但是真的，我们被一个又一个的框架束缚着，在打破它们的时候却又那么无力。可能一个人本来是自由地生长着，随性而为，并且心里面有劲儿，是一些社会需求或者人为力量把这样一个人往上捧；到了一定程度之后，又有多少人因为这样那样的原因要把这样一个形象拉下来呢？为此，我们身边聚集了一群“心怀叵测”的人们。

韩　寒：说到这个，我就想到了一个话语权的问题。话语权也是权力的一种，是对权力的另外一种膜拜。因为任何人都会拥兵自重，再谦逊的人也会如此。很多人会把这种话语权不断放大，利用自己的话语权去打击他人，党同伐异，铲除异己。就像我一篇文章里写的："一般人都会认为存在即是合理的，但有些人会认为，你存在得比我好，即不合理。"他们不会把目光的焦点放在"我要存在得比你更好"，他们想的办法是"我要让你存在得不好"，其实我们每个圈子里都一样。

陈　坤：我们的一双眼睛，从我们出生开始就往外面看，用学识以及各种武器来强大自己。一个非常有趣的话题是，我从十八岁开始接触佛学，它教会我的是"往回看"。在外部世界里，一个人嫉妒另一个人比他更好，进而向他下毒药，这些都是外部环境中的斗争。我举一个向内看的例子。我养了一只狗，其实我本来是非常不喜欢狗的，我找一切理由来说"我不喜欢这只狗"，它在地上撒尿我就会特别生气，它乱叫我就吼它。二是它跟我不亲，只跟我弟弟好，与此同时我的控制欲就出现了，"凭什么我叫你不过来，他叫你就过去"，嫉妒。再往下走，我就开始讨好它，给它一点东西吃，它就过来了。再后来，有人告诉我"狗怕的是主人，亲近的是朋友"，我瞬间就觉得必须要让它怕我。紧接着又有人说，这样不对，狗长大了会有心理阴影，我就觉得，那好，我又去讨好它。终于有一天，一个朋友告诉我，要相信狗能够感受到你散发出的磁场和信息，我姑且相信地去尝试了一下，效果真的很好。整体看下来就会知道，这一切都是由于我的心理不健康所造成的一系列对垒。其实只要把"我要收了你"这个心态扔掉，而转换成"我包容你"，一切矛盾都解决了。这是内部环境的调和。

只有自己能够找到更符合内心的自己

韩　寒：同时我们也可能遇到另一种人，他是以造谣起家的，但是他为什么可以一直存在呢？就因为他坚持不懈地造谣。如果他造着造着忽然良心发现了，然后又开始造，飘忽不定，左右不是，可能就没有人跟随他；但当他坚持不懈地造谣的时候，他的身边一定会聚集一些人，而这些人一定会为他寻找正当性，披正义的外衣。太多人需要这样一个出口来发泄不公与不满，把这份不满转嫁到某个个体身上，所以我觉得坚持不懈是一件非常重要的事情。但对于我们来说，我们都在不停地反思自己，回望自己走过的道路，希望自己有一个更符合自己内心的自己。现在回望五年前、十年前的自己，都有很大改变，是需要自己放得下的，可能恨不能砍自己两刀，但对于那些人来说是不需要的。这两种人如果分别做好了，也都是可以的。

陈　坤：我们每个人都在不断地追求个人的成长，就像我的一个朋友问我要《金刚经》来读，我就奇怪，你一个完全不信佛的人，怎么开始信佛了呢？他说，有人告诉他信佛可以开智慧。他可能表达能力很差，但他特别诚恳，会用心来感知或表达，这可能也是一种智慧；而那些用嘴巴去表达的人，可能仅仅是聪明而已。慧能听到一句“应无所住而生其心”而开悟，这位朋友同样希望可以因此而开启更多的智慧。我说好吧。其实这也是一个“相信”的问题，当你相信的时候，佛牙也可以成舍利。一切都是你内心折射出来的，你只要相信它，它就真的存在。

韩　寒：这其实是源于一种内心的力量，很可能他在读之前，内心就已经相信了，即使你给他一本《玉女心经》，他也可以成佛。所以其实你有没有给他《金刚经》这个动作，都已经不重要了。

陈　坤：你现在写的每一篇文字，在那些相信韩寒的人心上就是《圣经》，所以你在你的受众里是这样的，他们会跟随你，你的责任感会自然折射出来。从现实层面讲，十篇文章中可能有三篇是你内心真正想写的；而“责任感”这个念头一旦发生，慢慢地另外七篇也变成内心真正想要表达的东西。在这一点上，我们其实都是同行者。2012 年我带了二十位志愿者去阿尼玛卿转山行走，过程中他们也有哭哭啼啼，事实上从体力来说我也是挺不住的，但我的劲儿来自我的责任感，我的毅力就出现了。结束以后我就把他们送到西宁的学校去支教，过了一个多月我去看他们，已经作好了面对无数投诉和抱怨的准备。但当我去看他们的时候，每个人都是有模有样的，因为他们已经开始有责任感了。这些责任感可能来自别人对他们的相信、期望等方面，基于这样的期许与自我要求，他们会逐渐地向上攀登，同时保持正面的能量。但在这个时候可能会出现一种声音说：“你把自己当成圣人了吧？”为什么有人会如此无聊地给人扣一顶帽子呢？但是我转而接受他的讽刺：对，你批评得对。

韩　寒：我曾经也表示过，我没有说过什么样的话，我不是什么什么样子的，但是发现根本没用，最好的办法就是对他们说:“是的，我就是神。”然后这些人就沉默了。

陈　坤：这一点我们是一样的。曾经“戏子”两个字对我有极大的伤害，后来我明白了，他们在骂这两个字的时候，仅仅可能因为无聊，或者自卑，而我们却很在意，就变得很严重。一种结果是，我接受这两个字后我就堕落了，另一个是挣脱，而更好的一个方法是“名相”：所有的纷争都坦然接受，坦然是最大的魅力。

和这个世界好好谈谈　然后安静地走开

韩　寒：最近看了一个动画片，叫《无敌破坏王》，我蛮喜欢的，我喜欢的片子通常很庸俗。我曾经跟一个《纽约客》的记者聊天，我当时也说的是真话。我说小时候我爸租了三卷录像带，第一个是《终结者Ⅱ》，第二个是《真实的谎言》，第三个就是《生死时速》，我一晚上都看完了，然后我太震惊了。那个记者马上就说："实在对不起，让你看了这么多的垃圾。"我说你误会我了，它颠覆了我对电影世界的认知。

陈　坤：我很长时间不看电影，但最近看了《少年派的奇幻漂流》。不得不说李安真的很有智慧，他心里是有一片理性的世外桃源的，那个世界平和而强大，同时又与世无争。

韩　寒：李安是我很欣赏的一个导演，而且经历的事情越多就越欣赏他，不争不辩，任随你说，并且他每一部片子都是水准以上。他专注拍片二十年，想来是极好的。

陈　坤：有一个问题我不知道你有没有想过：现实世界里，成功与失败、财富与贫穷其实没有界限，它们彼此交融并且随时转换，无常中皆为缘分使然。我也会试图去向身边的人传播这样的思维，跟随缘分。

韩　寒：缘分对我来说就是眼见的，比如说我眼见了一只大闸蟹，这个就是缘分，而没见的就不是了。我曾经救过一只大闸蟹，上网搜“大闸蟹吃什么”，结果搜到的都是“大闸蟹怎么吃”，实在没办法就放了些米饭给它，但是它第二天还是死了。

陈　坤：我脑子里的想法是，我就是那只大闸蟹。其实我们人为地创造了许多惯性思维，比如大闸蟹就是用来吃的，比如数字的顺序就该是从 1 到 9……如果不是这样，我们是不是疯子？我们倒推回去，或许为了好区别，你姓韩，我姓陈，但是回到最初，我们都是相同的“人”。

韩　寒：其实更多的，我想是为了缘分之中的“找到”，就像我们每个人的电话号码都不同。就像狮子也会有自身互相区别的方式，而所有的区别也都是为了“在一起”。

陈　坤：那么坐在时间的坐标上往回看呢？ 1 到 9 创造了无穷的变化，如果第一次设定的时候是 9 到 1 呢，又变成了另外一个世界。我觉得好玩的是，为什么我们要执着于现在既成的一切。

韩　寒：就像我们敲击的键盘上面的字母，我们习惯性认为它的排列是有讲究的，但其实不是，它很可能只是一个随机的排列，你为你的习惯回头去找理由、找原因，就觉得看似是合理的。我们在生活里常常也在为随机找理由、找借口，但它其实就是随机产生的，你再摇一次骰子，它可能就不是那个数字了；同样地再来一次，可能 9 变成 1，键盘可能也不是这样排列，当然依然可能有这样两个人坐在这里研究，为什么那个 9 不是 1。

陈　坤：没错，就像那部电影《罗拉快跑》。刚才你提到：“如果重来一次会怎样？”其实每重来一次结果都不同，这也就是所谓的“巧合凝聚了这一切”。可能那个最初，甚至是最初的最初都是未知的，但我们需要在时间的长河里找到并且回到最初。如果不能在肉体上回去，那么就构建一个心里的世界吧。

比尔·波特　费勇：
读读书　走走路　漫步回到古典的细节里

比尔·波特　费勇
2012年8月21日／下午／广州
记录／周豫

需要停下来看看星空

费　　勇：赤松老师（比尔·波特曾以“赤松”的笔名翻译出版多部英文著作），很多中国的读者知道您的名字，是因为您那本《空谷幽兰》。我自己第一次读到《空谷幽兰》，很惊奇，一是在我们生活的时代，在中国真的还有隐士，在我们轰轰烈烈跟着时代步伐的时候，真的有人生活在自己的世界，一点不受时代的影响；二是一个美国人对于中国传统的了解，超过了今天不少的中国人。

比尔·波特：这确实很有意思，我写《空谷幽兰》等书，本来是写给美国人看的，却不想在中国很受欢迎。这让我很觉得意外。

费　　勇：其实也不意外，中国内地经过“文化大革命”，严酷的革命斗争几乎彻底摧毁了中国优雅的传统，也在很多人心中留下了时代的噩梦。所以，您的《空谷幽兰》关于隐士的描写唤起了很多中国人的感慨：人是可以游离在所谓的时代精神之外的。也因为这本书，很多中国读者总是把您和隐居联系在一起。我想很多读者和我一样，很想听听您对隐居的看法。

比尔·波特：要了解中国的“隐居”，一定要了解到“历史之前”的事情。中国在有道家、儒家之前还有“巫人”，有部落。“巫人”们一般都很敏感，可以帮部落的人看病、祛病，当时很多中药材都生长在山里面，巫人常常去山里面采药，这就是“隐居”的开始，这也会促进他们“修行”。巫人的目的不是当“隐居者”，而是为了帮助当地的人。到中国出现了国家、朝代之后，皇帝常常去山里面请隐居者“下山”，有的人比如许由和巢父就拒绝了。可见，中国的隐居者传统是“为了帮忙”，隐居者是社会的一部分；而在西方，“隐居者”要逃跑、避世，要和这个社会脱离，这跟中国的“隐居”传统是不同的。

费　　勇：这就是一个美国学者、作家的理解，这种不同文化间的对话很有意思。中国的"隐居者"既有像波特先生说的那种传统，也有像道家和佛教里面说的"与这个社会切断"的一面。只不过在古代"隐居"主要还是面对政治、面对"要不要当官"的选择；但是到了现代社会，面临的则是商业选择，一个人要不要摆脱买房、买车这种惯性？要不要坚持按照这种方式去生活？有些人不愿意，不想再为了更高的职位去所谓的"奋斗"，跑到大山里去。我个人理解，现代社会的"隐居"是从生活日常的、大家公认的社会轨迹"切断""脱离"，走了另一条道路，比如像波特这样写书、每年到中国来，在美国有一批这样的人。他的书也告诉我们，原来还有这样的一批人这样生活着。现代社会的隐居不一定要像佛教徒一样躲在大山里面修行，而是顺应自己内心的需求，只做自己喜欢做的事情，跟社会惯常保持一定距离。我生活在广州，可能在别人眼中当了教授以后应该当学者，但我不玩了，我去"玩"别的，去西藏、青海，不走别人想象的道路，有的就是这种"隐逸"的心态。

比尔・波特：我没有兴趣去关心、确定一个"隐士"究竟是什么，我只关心他们是怎样的人。你要叫他们"隐士"是你的事情，不是我的事情。他们是在修行，如果有假的隐士，他们算是很笨的人，因为要过那么辛苦的日子，骗人干吗？在今天，先要当"本科毕业生"才可以当"研究生"。我曾经在山里面看到一个新的茅棚，可是有人在里面过不了一个冬天，没有人说话，东西不够吃，非常冷，没有电视和其他任何娱乐，每天太阳出来要去找食物、砍柴，很辛苦，受不了那种辛苦，但你不能说他们是假的隐士。

我不是为了当隐士而去写书、拜访那些隐士，而是为了了解古代诗人的生活才去寻找这种人，也为了让更多人了解这种生活状态，这就够了。教育程度高当然好，但不是每个人都要去上大学，也不一定每一个从大学毕业的学生都要去做"研究生"，隐士就是这样的人。他们数量很少，在修行的人中最多只有2%~5%，当然，如果你受得了辛苦，修行会很有效。

费　　勇：读中国古代的老庄、佛经有一个好处，就是你不一定要成为道士或佛教徒，也不一定按照老庄、佛教徒那样生活甚至修行，但是它们给我们一个提醒——人出生以后，按照社会规定的轨迹去读书、工作、结婚、生子、买房子等，朝着社会要求你的目标去行进的时候，有时候应该停下来，去看看周围的风景，或者往旁边的那条小路走过去逛逛，有的人最后回来了，有些沿着小路走就不回来了。这很有意思，像之前那样重复活着是没有意义的，想要生活不重复，就需要有创造性，最简单的方法就是哪怕在生活中那样一个片刻，停下来，看下星空。让心慢下来吧，想想自己心里最想要的。

细节里的文化和传统

比尔·波特：旅游的时候人们通常很享受，但我的条件很辛苦。我有一个目的，就是搜集中国的文化，黄河的旁边都是中国文化的发源地，所以我去比较偏僻的地方。现在在中国很多人喜欢旅游，他们要看两千年以前的景点。可是在 1991 年很少，我总要去比较偏僻的地方，比如去一个古老的坟墓，这是为了更多地了解中国文化为什么发源在黄河，黄河的特点在哪里。

费　　勇：第一次读到您的书，作为中国人，觉得惭愧。为什么一个美国人的书对中国文化研究得如此透彻？美国作家查尔斯·弗雷齐埃的第一部小说 *Cold Mountain* 拍成电影，名字均被译作“冷山”，是错的，应译为“寒山”。弗雷齐埃在书的扉页放了一句寒山的诗：“人问寒山道，寒山路不通。”翻译成“冷山”就太搞笑了。中国也有很多人写文化游记，但您的视角跟我们不一样。我们有不少凭想象的、大而空的东西，但您一定要自己去找，一定要亲眼看到。一定要去找那些细节，以采访、田野调查的方式写作，这和余秋雨的完全不一样，与中国人喜欢宏大视角的写法不同，您的写法会在带人回到文化传统的同时，给人很多细微的细节，一点都不浮躁。

最近，很多人问我：“怎样才能让我很快平静下来？”现在很多人想获得平静都想“要快”，读佛经是一辈子的事情，像五分钟读懂周易就是在开国际玩笑，连获得安静都想要很快，这是不可能的。

比尔·波特：其实我的方式，中国古已有之，那就是：“读万卷书，行万里路。”读书、行走，是我们获得知识和智慧最重要的两种方式。我喜欢阅读中国古典的文学作品，同时又很想实地去看看这些作品写的地方到底是什么样的，想去看看那些古代作家生活过的地方现在是怎么样的。我最近在做一件工作，就是想到杭州、成都等地方，找到我喜欢的几位中国古代诗人的遗迹，向他们焚香致敬。可能需要一年时间才能走完，我不急，我想慢慢去寻访，一边读他们的诗歌，一边去寻访。

费　　勇：这是非常有意思的事情，也是我自己很想做的事情。我也希望中国这样的人越来越多。做自己有兴趣的事情，而且做得非常具体，从很小的一个点切入。在中国，我们的教育方式习惯拔高，总要教导学生去写那些大的东西，但真正有益的东西是越具体越好。我们常常以抒情、说理取代实地考察，因此，流行很虚浮的文风。我那天看到梁鸿的《中国在梁庄》觉得非常好，做具体的个案，带给人们很多细节的思考。

摸到作者的灵魂　与他共舞

比尔·波特：我想要较简单的生活。会写诗的人是非常老实的人，写诗就是一种方法，把你新的东西表达出来。我很喜欢唐代的诗，宋朝的也不错。我把唐代诗歌的态度放在自己的生活中，很真实、很简单。所以，我会说自己不是现在的人，而是唐代的人。

费　　勇：很多现在的中国人也很想回到唐代。唐代在中国人心里，意味着强盛和开放。在唐代，老庄和佛教思想有了融合。我常常觉得，物理上的时间不能倒流，物理上的空间也不能穿越，但心理上的时间和空间并没有什么界限。比如，我的身体可以生活在现代中国，但我内心可能还生活在宋代，或印度、尼泊尔。我时常感觉自己在尼泊尔的一个寺庙里。每个人都可以有个内心世界，而且这个世界很强大。

比尔·波特：我们从小就受到本国文化的影响，这就像一个壳让我们看不到外面，一旦离开自己的文化从外面看，就会发现自己从未关注的地方。我特别喜欢唐代的语言，他们的诗太美了。

费　　勇：唐代的汉语有一种开阔而雅致的美，是今天的汉语所没有的。

比尔·波特：所以，我爱读古典的书。古典的语言里有文化的秘密，还有流失了的韵味。《六祖坛经》又是另一种语言，也是唐代的，是唐代的白话。今天的人读来觉得很古朴。

费　　勇：我最近在读您的《六祖坛经解读》。很遗憾我到现在才读到这本书。《坛经》是我接触到的第一本佛教经典，1998年我曾经写过一本解读《坛经》的书。您前言中说："能遇到慧能这样的大师，我觉得自己是世上最幸运的人。"这也是我当初的感受。

比尔·波特：《坛经》给了我们很有趣的修习佛学的方法。一般的教学方法总是要有概念，要有主张，要有心理构想及其关系，但慧能的教法不是概念的教法，而是无概念的教法。慧能向成千上万听众开示禅法，他所说的每一个字都引导人们从阻碍他们识自本性的概念中解放出来。

费　　勇：这是佛教很重要的理念：你所有的观念不是你自己的。比如，关于成功，不过是社会所赋予的一个概念。这是为什么人要行走、修行的原因，把原来的东西抛掉，再回头来看它，就大有不同。不过，文化之间的差异有时确实很大，几乎无法沟通，我想很多读者和我一样，对您如何翻译中国古典诗歌很感兴趣。因为即使现在的中国年轻人，很多也不能阅读文言文，一个美国人如何阅读这些古文，很令人好奇。

比尔·波特：文言确实不太好懂，但很奇怪，我最初读到文言，不知为什么，就觉得特别亲切。说不定我前世的某一世真的是唐朝的中国人。当然，翻译不能完全凭感觉。怎么说呢？一定要比喻的话，我觉得翻译犹如表演艺术。我不是中国人，李白写一首诗，我认为他的诗不是用中文写的，而是早在心里面了。我看到他跳舞，我也跟着他一起跳舞，我不要把我的脚放在他的脚上跳，我要摸到他的灵魂才能和他一起跳。我是美国的舞者，他是中国的舞者，我不要变成李白，但是我们俩要在一起跳，这就是我翻译的态度。我翻译他的作品是因为我可以摸到他的精神，中国有很多很会“跳舞”的人。

费　　勇：您曾说自己只翻译自己喜欢的诗人的作品，不喜欢就不翻译。因为喜欢，所以，您和这些诗人有些奇妙的感应，让您超越了语言的障碍。这是非常宝贵而有趣的经验。

比尔·波特：出版社翻译我的东西我一般都不看，因为如果出现错误，我就会一直跟他们较真，这很花费时间。曾经有一个编辑翻译《禅的行囊》，他常常给我E-mail和我讨论，他很认真，但只有他是这样认真的。其实，我的最初目的不是写书，但是从那个时候开始我一直都在写，因为我慢慢发现了这也是我的一个爱好。那些“隐士”很了不起，我一定写一本书告诉外国人，鼓励他们，因为他们的生活看上去那么丰富，实际上却那么贫乏。

读古代的诗　做现代的人

比尔·波特：这个世界上所有的人都可以钦佩中国的古典文化，跟那时的诗人学习，现在的人如果想要跟随他们，最重要的是——要学会做一个人。

费　　勇：要学会做一个人，这很重要。也是您的书不同于一般学术著作的地方。一般学者写书，只是为了学问；您的书，我感觉到是为了人生，为自己的人生，也为别人的人生，希望有一种生活方式可以启发现代的人。关于隐逸的话题，您的书会让读者有反思，反思什么呢？第一，就是明白，在竞争的、沿着一个目标往上爬的生活方式之余还有另一条“小路”，很边缘很安静地活着。第二，虽然古代很遥远，但我们可以慢慢地透过文字，透过行走回到古典，我们可以以漫步的方式回到古典的细节当中。这种回返让我们超越了时间和空间，是诗意的心灵旅程。人在饮食男女之外，有这样的心灵旅程，生命才会被提升。

比尔·波特：二十世纪五十年代，美国的嬉皮士很喜欢中国的禅宗和诗歌，他们从中吸取的是反叛的思维方式，想要过一种不拘一格的活泼的生活。即使到现在，你问美国的大学生，最有名的中国诗人是谁，他们多半会回答你：寒山。这可能让中国人吃惊，因为我知道中国人一般认为李白、杜甫才是最有名的。

费　　勇：确实，我第一次看到这个材料，很吃惊。读凯鲁亚克《在路上》等小说，发现那时候美国的文艺青年那么喜欢寒山，有点不太好理解。现在的中国人，很多人并不知道寒山。我当年读大学的中文系，知道寒山这个名字，但没有人认为他是多么重要的诗人。“姑苏城外寒山寺，夜半钟声到客船”这句诗很有名，但寒山这个人的地位并不重要。这是一个非常有趣的文化案例，在本国不重要的诗人，到了日本，到了美国，变得很重要。

比尔·波特：二十世纪五十年代，美国现代诗歌的重要人物庞德就很喜欢中国诗歌，但他当时还不知道寒山。斯奈德当时在加州大学读书，在学习日本文化时，无意中发现一张寒山蓬头跣足的画像，深深地为这个“衣袍破烂，长发飞扬，在风中大笑的人”而吸引，着手将寒山的诗译为英文。后来他们把寒山当成一个符号，一个“在高山、风中狂笑”的形象，对世间看透，生活自由，这跟中国人的看法完全不同。

费　　勇：说来很诡异，作为一个中国人，我是因为喜欢庞德的诗，从中文版到英文版，然后再到他的文章，心想：“这个美国佬怎么会喜欢中国诗？”然后才开始对中国古典诗词的关注。我喜欢禅宗是因为日本人铃木大拙，我当时得到了他台湾版的《禅学随笔》，可以说，我是从美国的现代派文学里面回到了中国传统文化里。我周围比我年轻的人又是如何回到中国古典文化中的呢？他们很多是通过金庸的小说，觉得古典文化太美了。

比尔·波特：对我来说，喜欢中国古典诗歌，喜欢禅宗是很偶然的事情。我服兵役以后去加州大学读人类学，快要毕业的时候想进哥伦比亚大学当研究生、读博士。那个时候哥伦比亚大学人类学的教授最有名。我申请的时候钱不够，就申请他们的奖学金。而要得到奖学金，必须选择比较少人知道的专业。刚好那个时候我看过一本佛教禅宗的书，我觉得禅宗的道理非常深、非常好。所以我从那个时候就在哥伦比亚大学一面学人类学，一面学中文，开始慢慢了解中国文化、中国历史。

在阿尼玛卿山
呼唤洁净的世界。

转着转着 就转动了内心的世界
转着转着 就转动了现实的世界
转着转着 一个平凡人可以创造一首史诗

转着转着　就转动了内心的世界

十张照片，十段心路历程，呼唤洁净的世界。

阿尼玛卿山，又名积石山，空中俯瞰，犹如一朵巨大的莲花，盛开在昆仑山脉。这是藏族人心中的神山，是格萨尔王的宫殿。“阿尼”意指“先祖”，也指“幸福、美丽、博大”，“玛”是黄河源头古代藏族部落的名称，“卿”意指“博大”。

1782年农历四月初六，一群清朝的官员在阿尼玛卿山脚下的星宿海边敬香、诵经，祭祀阿尼玛卿山神。

1926年，美国人洛克成为第一个到达阿尼玛卿山的白种人，他以为阿尼玛卿山是世界第一高峰。

2012年，关于世界末日的传说纷纷扰扰。2012年8月23日到8月31日，陈坤带着二十位志愿者，沿着阿尼玛卿山转了九天八夜，“行走的力量”从阿尼玛卿山获得平静的力量。十张照片，十段心路历程，满含着对洁净世界的呼唤。转山的过程里，每个行走者真正领悟到：行走，不只是向外寻找一个更好的世界，更是向内建造一个更好的世界。

藏民族认为阿尼玛卿雪山是证得十地的菩萨，世界九尊神山之一，也是格萨尔王的寄魂山，与西藏冈仁波齐，云南梅里雪山、玉树尕朵觉沃并称为藏传佛教四大神山。

传说中的阿尼玛卿山神是一位骑着高头白马，手捧摩尼宝（一个宝物），一身正气的威武神灵。在藏族人心目中，山神有求必应，特别对远道而来的朝拜者更是庇护有加。

约瑟夫·洛克（Joseph · F . Rock 1884—1962），美籍奥地利人，出生于维也纳贫寒家庭，大学预科毕业后，靠洗碟子的微薄收入开始漫游世界之旅。1926年以美国《国家地理杂志》撰稿人、摄影家的身份来到中国青海考察，此后在中国生活二十七年。

摄影师手记：
这是阿尼玛卿山入口处的一个玛尼堆。摄影师孙辉告诉我他在阿尼玛卿山探路的故事，并说他在离开阿尼玛卿山时，在山坡下的玛尼堆上放了一块石头。那天，我走到这里，感觉这些石头里有一块是孙辉留下的。

——刘婷

从阿尼玛卿山回来，多了一个习惯

孙辉：男，26 岁，北京人，《行藏》纪录片拍摄者，2012 年“行走的力量”宣传片拍摄者。

我并没有成为佛教徒。只是多了一个习惯：出门时要在兜里揣一把冰糖。有一次在洛杉矶街头，遇到一个晕倒的路人，我给他冰糖吃，结果他很快就缓过来了。你走路的时候一定要带着冰糖，说不好在什么时候，会派上用场。

这是我去美国留学之前的最后一项工作，到青海的阿尼玛卿雪山，为“行走的力量”第二季拍摄宣传片。其实这次兴趣不大。“好玩儿吗？”一直以来是我对镜头里的世界的提问，但是对于神山以及信仰，我几乎找不到一个与她碰撞的通道。

2012 年 3 月底，我跟随“行走的力量”探路组从西宁出发，驱车前往阿尼玛卿山。大本营扎在神山的入口处、青海省玛沁县下大武乡，我们打算从这里直入阿尼玛卿山腹地。

“下大武”，意思是“马丢失的地方”。当地人有这么一种说法：不论你丢失了什么，都能从这里找回。

一天下午，我想去拍点空镜，一个人带着摄像机，不知不觉走到一座山坡上。这时候下起了细雨，整座山被雨雾笼罩着，灰蒙蒙的，空气里散发一股奇异的草药香。我冷得发抖，却不想走，举着摄像机，沉浸在一种漫无目的的氛围中。忽然发现山下有人对我招手，是一对藏族的爷爷和奶奶，站在自家的帐篷外。我对他们招了下手，并没有太在意。过了一会儿再看，他们还站在那儿，在雨里一下一下地对我招手。

我收起摄像机，朝山下走去。爷爷和奶奶面容很慈祥，用藏语和手势招呼我进帐篷取暖。一只被拴着的黑色藏獒凶狠地冲着我嚎叫，作势要扑上来。爷爷用手朝它轻轻一挥，黑狗立刻安静了，全身的毛收起来，温顺得像一只羊。游牧藏族的棕黑色牛毛帐篷里，家当屈指可数，只有铁锅、灶、水壶、酥油茶具、大木桶、油灯、木盘等。帐篷里生着火，很暖和。一个穿着藏族服饰的十二三岁的女孩儿坐在炉火前，烧一壶酥油茶。

藏族牧民居住的黑牛毛帐篷是用牦牛的长毛织成的。帐篷由篷顶、四壁、横杆、撑杆、橛子等部分构成。外观粗糙简陋，实际遮风挡雨。

酥油茶是高原最常见的饮料，它解渴、耐饿、助消化，成分是酥油、砖茶、食盐和水，就着糌粑就足以支撑人的生命了。“糌粑”是炒面的藏语译音，是藏族人的主食，吃时在茶中加一块酥油，待溶化后辅加少量曲拉（奶渣），再加入炒好的青稞面，捏成小团食用。

爷爷拍拍我，指着靠近炉火的凳子说：“休息！”我连忙道谢，坐下来。女孩儿走过来，递给我一碗冒着热气的酥油茶。奶奶端来糌粑给我吃。我才发现自己饿得厉害，大口喝着酥油茶，吃着糌粑。去年去西藏行走的时候，喝过当地牧民煮的酥油茶，奶香里掺着咸味，当时觉得难以下咽。今天不知怎么了，觉得酥油茶好喝，糌粑也从未有过的香。身体逐渐暖和过来，感觉这一切都熟悉而亲切。

我被对面挂着的一张半旧唐卡吸引，指着它问爷爷："这上面画的是谁？"爷爷焦急地挥手，嘴里叽里咕噜讲着听不懂的话。女孩突然张口，用不熟练的汉语说："阿布讲，不要用手指着佛像，那是对佛的不尊重。"女孩边说，边双手合十，默默念诵着什么。我有些尴尬，不知道该说些什么。这时爷爷又笑了，用藏语讲了一串话。女孩儿用生涩的汉语解释："唐卡上画的是释迦牟尼佛像。"

我问她："你们这里所有人都信佛吗？"她轻声道："我们藏族人每个都信，生下来就信！"这时奶奶过来唤了一声，女孩儿放下手里的活儿，跟着奶奶出去了。爷爷走过来给我的碗里添满了酥油茶，指着茶和糌粑对我说："休息！"我笑了，猜爷爷只会说这么一句汉语。

我掀开帐篷帘往外看，细雨中的山坡上，祖孙三人在捡牛粪。藏獒寸步不离地跟着爷爷，像个虔诚的卫士。我走进雨里，想跟着他们一起拾牛粪。爷爷大声说："休息！休息！"我摇摇手。女孩儿笑着解下肩上的竹筐递给我。我学着他们，捡起一块湿漉漉的牛粪，向后扔去，只听"啪"的一声，掉在了地上。藏獒似乎接受了我这个客人，喉咙里发出滑稽的低吠声。奶奶笑得露出几乎光秃的牙床。我很快找到了感觉，每一块牛粪都能准确地扔到竹筐里。每扔一次，伴随一声奇妙的声响，竹筐往下一沉。这种呼应，使我心里产生一种奇怪的满足感。

松赞干布先后迎娶尼泊尔尺尊公主和唐朝的文成公主，将佛像及佛教引入藏地。公元八世纪，第一座藏传寺院建立，藏传佛教落地生根。经历了九世纪中叶开始的百年无法的黑暗时期后，佛法分别从青海河湟地区和西藏阿里地区回传至西藏，佛教得以复兴。公元十一世纪开始，佛教逐步完成在藏地的本土化过程，藏传佛教真正形成。

爷爷叫我们把捡好的牛粪集中在帐篷后面的一块平地上，那里已经铺满了一大片拍好的牛粪饼。女孩告诉我，晒干的牛粪是藏族人生火的主要材料。特别是冬天，藏族人就靠着这些牛粪饼生火过冬。干牛粪燃烧起来如木柴一样没有异味，易燃耐久。我跟着女孩儿学习拍牛粪饼，双手捧起一块牛粪，用力拍在地上，摔成薄薄的饼状。我手上沾满了牛粪，在细雨中散发着清凉与浓烈混合的味道。雨还在下着，并没有冲坏牛粪饼的形状。等太阳出来时，它们会被晒得又干又硬。

回到帐篷里，家中多了一对三十多岁的夫妇，女孩儿叫他们“阿爸”“阿妈”。阿爸一句汉语也不会讲，看见我，脸上露出毫不掩饰的笑容。阿妈在灶台边忙碌，奶奶则在一旁，用一种古老的机子做酸奶。爷爷不停地对我说：“休息！”并为我续上冒着热气的酥油茶。外面下着雨，我忽然有种错觉，自己就是他们家中的孩子。

阿爸坐在我对面，也喝着酥油茶。这个藏族男人皮肤黝黑，表情憨厚，咧开嘴笑的时候眼睛晶亮。我问阿爸真有活佛转世吗？女孩儿在一旁捻着牦牛线，翻译给阿爸听。那个虔诚的信徒用力点头说：“有！”并讲起活佛转世的故事。我问阿爸亲眼见过吗？阿爸告诉我，没亲眼见过，但是他相信……稍停片刻，女孩儿又翻译：“阿爸讲，我们就像无头的鸟，只知道信奉，只知道供养。”如果在城市里听到这句话，我会觉得愚昧；但此刻却觉得，城市里仓皇乱飞的才是无头的鸟。

在雪域高原上，凡是有人的地方就有牛粪火。牧民的帐篷周围，到处都可以看到垒得整整齐齐的牛粪，堆成堆、码成墙。牛粪是青藏高原上的主要燃料，藏族人用牦牛的粪便做燃料，堪称是零污染。燃烧粪便不仅不耗费木柴和煤，而且将牛消化不掉的植物粗纤维中蕴含的热能通过燃烧释放，不会产生含有害成分的废气；烧过的粪灰又成为草地最佳的肥料，继续参与自然循环。

外面传来摩托车的声音，藏獒在帐篷外，对着来人大声警告。阿爸走出去，迎进来一个穿着很古怪的男人。戴一顶藏族毡帽，穿西服，脚踩一双耐克球鞋。那人用藏语跟阿爸讨论了十几分钟，之后的场景很奇异。父子两人一言不发开始磨刀，只听见冰冷的刀锋与刀石摩擦的声音。他们手中的刀，锋利得像个凶器，又拙朴得像个未开化的藏族人。

这时候，"耐克鞋"注意到我，用熟练的汉语跟我寒暄。我问他："他们磨刀干吗？"他告诉我，自己是下大武乡保险公司的业务员。两天前，这家的牛病死了，因为给牦牛上过保险，公司核实情况之后，会赔偿两千元钱。阿爸与爷爷磨刀，是为了解剖那头牛。我问他："怎么解剖？"

一头巨大的死去的牦牛，躺在后山的草地上。几个人在肢解它的尸体。我一辈子都会记住那个场景：灰色阴雨的天，绿色的草坡，两名藏族人持着红色的钢刀，解剖一头黑白色的牦牛。锋利的钢刀划过牦牛的胸膛，血淋淋的腑脏被拉出，就手扔在了山坡上，被不知哪来的野狗们分食。我被深深地吸引，没有人教我，走上前去，双手用力握住两只牛角。阿爸一言不发，冷静地割掉牦牛的头颅。孤零零的牛头被放在石头上，一望无际的天空下，牛头像一个图腾，被它曾经守护的人们祭奠。

这是一幅千载难逢的画面，我应该拍下来。但是我不想碰摄像机，任何现代文明的产物，都会打扰这一刻内心的宁静。

阿爸剥牦牛皮的时候，我问那个藏族的保险业务员：“牦牛死后，身体被分食，这算一种天葬吗？”他愣了一下，对我说：“这是一种彻底的回归自然。”我再问他：“牦牛有信仰吗？”他先是不知道怎么回答，临走时跟我讲：“牦牛在藏族人心中是神的化身。神以多种化身来到世间，点化众生。我们这里的故事多着呢，你慢慢去发现吧。”说完这句话，他骑上摩托车匆匆走了。

那天傍晚，告别的时候，阿爸把两只牦牛角送给了我。

几天后，我和同事一起踏上了去阿尼玛卿山探路的旅程。在转山的路上，我高反得严重，整个人吐得快要虚脱。探路队留下一个人照顾我，其余三人继续往前走，约好当晚在第一个垭口会合。我走得非常慢，几乎走三步歇一阵。身上一点力气都没有，很饿，却吃不下东西。人接近虚脱的时候，心态特别脆弱，害怕自己被丢下，所以让同事走在我后面。有一刻我几乎绝望了，觉得自己扛不过去了。

就在这时，从后面来了五个转山的喇嘛，穿着简陋的袈裟，背着最简单的装备。看到我虚弱的样子，他们也慢下来了，走到我身边。一个喇嘛把手伸到面袋里，捧了一把炒熟的青稞面，伸到我嘴边。我张嘴就舔。他又给了我一大把冰糖，我塞在嘴里，很甜，甜得让我感觉自己不会死。那几个喇嘛，紧紧拽着我，一个人在前面拽，几个人在后面推，就这样把我推上了垭口。

我记得，当他们拉我手的时候，我死都不松手，对我来讲，那是救命稻草。我几乎要哭了。他们看着我狼狈的样子，用藏语开着玩笑，这一笑，我又轻松了。我知道，凭着自己，天黑根本到不了垭口。如果走不过去，可能就死在路上了。几个穿着藏袍的人，在我最艰难的时候出现，救了我的命。

当天晚上，五个喇嘛在我们身后一百多米的地方扎营。知道有他们在，我就不怕了。探路队的同事说:“明天还要爬一个垭口，你行吗？”我说:“没事你们先走，我朋友会管我的。”不知为何，我信任那些喇嘛，知道自己走得再慢，他们也会帮我。

后来果然碰上了，五个喇嘛再次看到我这个高反的男孩，哈哈大笑，又是给青稞面，又是给冰糖，又是连拖带拽，带我翻过了垭口。他们对于施予显得很自然；值得思索的是，我这个城市长大的人，对于被施予，也如此坦然接受。

第三天早晨，我们打算从第二个垭口出发时，山里下起了大雪，路被封住了。我们原地扎营住了几天，等雪停。但雪越下越大，探路队的同事决定原路返回。

临走的时候又遇见五位师父，我打手势告诉他们，前面的路走不通，先回去吧。他们笑着点头。

下山的路上，我一直在回头，不见那五位师父的身影。回到下榻的旅馆已经是凌晨两三点，我几乎没怎么睡，天没亮就起床了。我带上两只牦牛角（在我心里，它们是物归原主），敲开附近的小卖部买了冰糖和花生酥，沿路返回。我不知道自己为什么执意要回去，是想说一声感谢，还是想问一些什么？也许什么都不是，只是想再见他们一面。

我走了大约十公里，站在雪山的出口处，不确定他们从哪条路出来。路口有一家牛肉面馆，我向老板询问，有没有见到那几个喇嘛。老板摇头。我把手机号留下，请他见到后通知我。然后跑到附近的格日寺去等，在寺里住了一个晚上。第二天一早又返回牛肉面馆，还是没有等到。

不知道他们什么时候走的，就像神仙一样。也许他们的出现与消失，只是为了点化我，而这其中的深意，愚钝的我需要时间来消化。

传说阿尼玛卿山神有时装扮成一个身着普通藏袍，头戴高顶喇叭形毡帽，骑一匹白骏马，挥动牧鞭放牧的藏族人，保护千万黎民百姓，永保四方平安。

回到北京之后，我交了一部平庸的行走宣传片。我在藏地里两段刻骨铭心的经历，都没有用摄像机记录下来。我不觉得遗憾。告诉你，世界上最不遗憾的就是，你已经经历了。

当然，我也承认，我拍不出它们。没有人能拍出你所经历过的美好，它们只能留在心里。

2012 年 8 月，当陈坤和志愿者们开启第二季“行走的力量”时，我已经在美国的学校攻读电影课程。不能和你们一起转山了，能与你们分享的，也只有这些。神山、藏地以及行走的路上，充满了无限的可能，如果你好奇，得自己去寻找，去经历那个过程。

对了，我至今没有信仰。只是多了一个习惯：出门时要在兜里揣一把冰糖。有一次在洛杉矶街头，遇到一个晕倒的路人，我给他冰糖吃，结果他很快就缓过来了。你走路的时候一定要带着冰糖，说不好在什么时候，会派上用场。

摄影师手记：
8 月 24 日，行走第一天。路过格日寺，寺中活佛为远方来的行者们诵经祈福。在藏族聚居区的蓝天下，志愿者们将手中的风马旗抛向空中。很多志愿者哭了。

——尹超

我只是想走走我心中想走的路

夏寒冰：女，25 岁，江苏无锡人，2012 年“行走的力量”志愿者，行走结束后在青海省西宁市湟中县共和镇共和学校担任支教老师。因辞职参加支教，不为母亲所理解，她带着思考踏上转山之路。

带着一份歉疚，我陷入思考：此行到底是一意孤行，还是听从了自己的心？

妈妈的那条短信一直存在我手机里，转山的路上，我不敢再看第二眼。

短信是在 8 月 24 日凌晨四点三十九分发来，当时我正在人生第一次露营的帐篷里呼呼大睡。一声清脆的铃声把我吵醒。通常我熟睡的时候不会被短消息吵醒，但这次不同。可能是心有灵犀。我从睡袋里摸出手机，是妈妈发来的。很长的一条，我心里一沉。“女儿，我恨你！自你走后，夜夜失眠，每天凌晨三点就醒了，每次想起你就恨！恨你这样轻率地放弃工作，恨你把妈妈丢下，一个人去那么远的地方，恨你不理解妈妈！我被折磨得快生病了……”满眼的“恨”字，这条短信让我的心沉到谷底。

从我告诉妈妈，决定辞职参加行走以及支教，已经过去一个月了，中间也沟通过很多次，试图让她理解我。没想到，她心里还是充满着怨恨。隔了很久，我回复她：“看到你的短信，我心情沉重。让你这么担心伤心，是我的罪过。不要想那些不会发生的事情，好好照顾自己。支教的事，半年后我就回来，到时重新找份工作，生活仍然继续。”

她没有回复。

我不知道你信不信，总之我深信不疑：每个人来到这个世上，总有一个放不下的东西。有人是对物质，有人是对爱情，有人是对死亡的恐惧，有人是对自由的执着。你大概知道我要说什么，我是对亲情。

我想说说我妈妈。她这辈子最大的希望就是有个温暖的家，不过她一直没能如愿。我很小的时候，老爸去海南工作，之后很多年没回来。你能想到的。这段婚姻一直拖到我高三那年，终于结束了。爸妈都怕影响我高考，一直瞒着我，我直到上大学之后才知道。

然后我妈一直独身到现在。

我妈年轻的时候很出色，长得漂亮，工作努力，人缘也好，就是被婚姻这事打击得一蹶不振。作为女儿我心疼我妈，但是作为旁观者我并不恨我爸。婚姻本来就是一种相处，两个人都觉得舒服了才能过下去。但我不敢把这个念头告诉我妈，所有可能会刺伤她的话我都不敢说，哪怕是为她好。

我跟妈妈的关系，直到现在都很微妙。一方面我爱她，希望与她无话不谈，一方面又害怕走近满身是刺的她。我工作后和妈妈住在一起，但是一半的时间都在外面出差。每天晚上给她打电话，汇报完我这边的事，便会陷入沉默的尴尬。她从来不主动跟我讲她那边的情况。如果我问她：“最近身体好吗？”她便会说：“好不好你管得着吗？我不好你能马上回来吗？”我知道她对老爸的怨气一直没撒出来，谁叫我是她女儿呢。

我的性格有点像我爸，不安定，喜欢往外跑。我从上初中开始就有个理想，一定要去趟拉萨。去年初终于可以实现了，但我隐隐觉得我妈不会同意，所以买好机票才跟她说。果然，她怨恨的表情又出现了，坚决让我把票退掉。我从小到大都很固执，决定好的事情不会改变。我还是去了拉萨，但是整个旅途中都感觉亏欠了我妈。你知道的，就是有什么压住你的心，各种沉重和不爽。

从拉萨回来，我带妈妈去了厦门旅游。发现她在外面的时候，对什么都好奇，像个小孩子。看她开心的样子，我心里很难过。妈妈的生活单调了太久，她应该像年轻人一样有自己的生活。我对妈妈说：“你还不老，应该多去玩儿，到处去走一走。”我妈一听，像被扎到一样：“怎么，你嫌弃妈妈啦！现在还没有怎么样，已经烦了，等妈妈老了躺在床上要人照顾的时候，更没有人管了！”我总是被她噎得没有话说。

我是报了名，接到东申的面试电话后才跟妈妈说我要去转山的。当我告诉她，转山结束后还要支教半年。她立刻就炸了，觉得我脑子被烧坏了。来“行走”之前，我在一家港资房地产公司的区域营销中心工作，待遇与前景都不错。我妈对我这份工作很满意，坚决不同意我辞职，认为耽误这半年，回去又要重新开始，代价太大。

但我还是坚持要去北京参加面试。当时的真实想法，就是想暂时脱离原有的生活，到一个安静的地方好好思考，希望行走能帮我解决心中的困境。到了北京，通过面试和三天的拉练之后，我决定辞职参加行走。我给妈妈打了电话，告诉她我的决定，她没听我说完就挂了电话。

回家之后，真正让我纠结的，并非辞职本身，而是要在我的决定和妈妈之间选择一个。确切地说，在她与我的心之间，必须要“背叛”一个。

有一刻我也曾动摇过。我问自己：这个活动是不是非我不可？回答：不是。我是不是非得通过行走才能学会思考？回答：不是。如果不摆脱心理的困境，我会不会死？回答：不会。既然答案都是否定的，为什么我不惜伤害亲人一定要去？我不知道。但是心里就是有个声音告诉我，我想去。我不确定这个声音是不是对的，也不知道这会给我带来怎样的后果。但是我想：人的一生中有多少次能听从自己的心呢？

所以我来了。

8 月 24 日上午十点，一支约八十人的队伍，在青海玛沁县下大武乡集合，即将开始为期十天的阿尼玛卿转山行走。这天上午，下大武乡的藏族牧民们像过节一样热闹，来自远方的行者们打破了他们往日的平静。这些穿着藏袍的村民们聚在通往雪山的入口处，友善而好奇地望着这支已经排好队准备进山的队伍。

这支队伍包括二十名志愿者、十几名工作人员、数十名媒体及协作团队人员。活动的发起人陈坤在简短的发言之后，宣布“出发”。当大部队向雪山行进时，身后善良纯朴的藏族牧民们发出一阵鼓掌声与欢呼声。

志愿者排着整齐的队伍，走在大部队的最前方。队伍中能感觉到一丝紧张的气氛，所有人一言不发，低头看着脚前方，默默前行。这支队伍里，每个人都有自己的故事，每个人都带着不同的理由开启这样一

阿尼玛卿雪山是佛教徒修行的圣地。每年都有大批朝圣者跋山涉水、风餐露宿前去虔诚朝拜。藏族群众携带简单的行装、灶具、食物，以顽强的毅力绕山瞻拜一周，才算尽了虔诚膜拜之心意，达到消除罪孽、灵魂升华之目的。绕阿尼玛卿山一周，徒步一般要走八至十天时间，骑马要花五天时间，磕长头行走需要六十多天时间。沿途条件艰苦，没有顽强的毅力和健康的体魄是难以坚持下去的。

段旅程。相同的是，接下来的十天，他们将潜入人迹罕至的阿尼玛卿雪山腹地，他们当中大部分人没有野外徒步的经验。转山途中将会遇到怎样的艰难与考验？他们能挺过去吗？每个转山者会有怎样的思考与收获？一切都是未知数。

8 月 24 日，行走的第一天。因为凌晨妈妈发来的那条短信，我的心中充满着绝望。是的，我以灰暗的心境开始我的转山。行走的感觉和之前想象中的不一样，禁语、专心走路，这个过程有些枯燥，心中不免失望。坤哥的周围总是围着工作人员、媒体等，和志愿者团队还是有一些距离，期待的思想碰撞交流机会很少。

我从小到大有一个习惯，每当我生气或沮丧的时候，就会跟自己对话，然后分析自己情绪的根源。有意思的是，每次找到原因后，我就不生气了。在行走的路上，我问自己：为什么会心存失望？因为我对坤哥有期待。我继续问：为什么对坤哥有期待？因为我在衡量得失，希望由坤哥来印证我此行的正确。

我开始思考行走的初衷：因为我心有障碍，希望转山能帮我破除它。既然我选择相信，来到这里，以后的一切又与坤哥有什么关系呢？这不是我自己的行走么？我的失望情绪彻底消失，然后才开始思考真正困扰自己的问题——我和妈妈的关系。

我原以为，只要给妈妈一点时间，她就可以理解我。现在我必须承认，她活了大半辈子，事事都遵循自己的原则，突然让她拧过来去理解我的心，这只是我的一厢情愿。我知道，我必须直面我和她的矛盾。但是我一时想不到好的办法来解决，心里一着急，感觉喘不上气来。

正在这时，坤哥走到我身边，他冲我比了个手势，示意我把面巾拉下来。我这才想起刚才喘不过气的原因，立刻扯下面巾，顿时一股清凉的空气扑面而来，涌进鼻子里，流进心里。

行走的队伍行进十公里之后，路过一座藏传佛教的寺庙格日寺。它坐落在阿尼玛卿山的脚下，是进山的必经之地。通常转山者都会在这里稍作停留，寺中的喇嘛将为他们诵经祈福。格日寺的住持亲自来迎接这支八十人的队伍。志愿者们围成一圈，陈坤和上师席地而坐，与格日寺的喇嘛一同诵经。

我完全听不懂他们在念什么，但是那悦耳的吟诵，却让我的心逐渐安静下来。我抬起头，望着碧蓝的天空，没有一缕杂质，金色的阳光就这么洒下来，烤着我们刚刚出过汗的身体，温暖而舒适。上师们的身后，阿尼玛卿山像一幅巨大的背景，屹立在天地之间，聆听着僧人的吟诵，将这些吟唱传向远方。就在这一刻，一种强烈的归属感撞击着灵魂，同时内心感到前所未有的平静。

阿尼玛卿雪山脚下有一座百年历史的藏传佛教寺庙——格日寺，寺中的住持是巴格拉罗汉化身之第十四转世的才仁拉加活佛。才仁拉加活佛为了改变当地贫困落后的面貌，为更多的藏族孩子提供学习机会，在海拔四千多米条件非常艰苦的高原上，创办了爱心小学，免费为贫困的牧民孩子提供食宿和教育。

在这种澄净祥和的氛围里，我开始思考和妈妈的关系。平时一碰亲情就混乱的头脑，此刻却变得很清晰。我确信我和妈妈之间彼此深爱，但我们却拥有不同的立场。确切地讲，是不同的路。她给了我生命，给了我养育之恩，但是给不了我的路。每个人要过自己的生活，走自己的路，不是吗？这很残酷？不不不，我不这么认为。当我触碰到真心时，我认为讲出来，才是对对方的爱。

我忽然明白，我要对妈妈讲出心里的话。我要告诉她，每个人都要活出自己，在灵魂层面，我们都应该拥有自己的世界。她不是没有，她只是关上了。妈妈，你应该有自己的生活，你值得拥有自己的生活，你应该去跳舞、旅游、谈恋爱，你有权享有真正的幸福！这才是藏在我心里很久的声音。

曾经很多次听坤哥说，听自己心里的声音。以前不确定怎样才算听见，此刻我的心里温暖而无惧，我想：这就是心的声音了。

诵经结束之后，坤哥和上师拿出风马旗分给志愿者们，大家一齐向空中抛撒。当众人口中高喊“阿加洛”的时候，飘散的纸片在身边飞舞。我也情不自禁跟着将手中的风马旗撒向空中，我看到周围有志愿者流下感动的眼泪，我没有哭，我笑了起来。

我捡了一片落在地上的风马旗，将它仔细包好，放进背包里。这是我送给妈妈的礼物。我决定对妈妈说：我爱你，我会永远照顾你，但你得有自己的生活。因为在心灵的疆土里，没有自我是可耻的。

希望这份刺痛能让她走出来，希望她能了解我的苦心。

当我迈开脚步继续前行的时候，我问自己：你真的敢说吗？

我望了一眼前方的山脉，阿尼玛卿山静静地看着我。

风马，梵文称“宗”，藏语称“隆达”。风是传播、运送印在经幡上的经文远行的工具和手段，是传播运送经文的一种无形的马，马即是风。彩旗上印满密密麻麻的藏文咒语、经文、佛像、吉祥物图形，藏族人相信悬挂风马旗能给他们带来财富和好运。

摄影师手记：
8 月 25 日，在行走近二十公里以后，终于翻上当天最高的唯格勒当雄垭口。筋疲力尽的志愿者们躺在草地上休息，一些人爬到更高的山坡上眺望雪山。

——吴齐力

远行回来，我知道别处在哪里了

杨巍：女，34 岁，黑龙江人，五矿国际信托副总经理，FIRST 青年电影展联合创始人，青年电影馅饼计划发起人。一个披着金融外衣的文艺青年，热衷于扶持青年电影人，热衷于文化产业。2012 年 8 月 25 日从 C1 营地唯格勒当雄垭口徒步到 C2 营地，全程二十一公里，海拔四千五百米。

我一直以为，为梦想而付诸实践的一切，是我引以为骄傲的“别处”。现在才明白，我的别处，是我休憩时安静的内心。

我不知道在这个城市里，有多少人像我一样，被现实包裹得像粽子，却有一个与它完全不沾边的梦想。

我把这个梦想叫作“别处”。

我想这样的人应该不计其数——梦想在别处，看起来像是现实世界的出口。至少我身边就有不少这样的人。我有一个做律师的朋友，他最大的爱好是唱昆曲，为此到处去拜师求艺；我认识的一个会计师事务所合伙人，多年来不厌其烦地推销自己，希望能在一部电影里扮演一个小角色；一位学金融出身的政府官员，最大的爱好就是以诗会友；我还知道一个著名主持人，迷上了木匠活儿，家里的一桌一椅都是亲手打造。我极其理解他们，因为我这个披着金融外衣的企业高管，也有一个“在别处”的梦想。

每次我讲起自己的梦想，总会不厌其烦地先聊聊青海这个地方，包括下面这个故事，我已经跟不下十个朋友讲过，每次讲起来还是很激动。

两年前的我，和你们中的大部分人一样，对青海几乎一无所知。2010年，我所在的集团收购了青海的一家企业，我有了经常飞往青海的机会。我第一次去青海就发生了一件触动我心灵的小事件，是在塔尔寺。

那天下着雨，很冷，我陪一个领导去转塔尔寺。我们都穿得很少，看到商业区有一种很厚的藏式棉袍，是租给游客照相用的。我走到一个摊位边，那儿坐着两个四十多岁的大姐。我跟她们说，要买两件棉袍。她们说这个不卖，只租，六十块钱一个小时。我说你就卖给我吧，就当留个纪念了。她们两个人很仔细地商量了一下说，卖给你两百块钱一件。我说不行，太贵了，必须得一百八。她俩不同意。我当时觉得太没面子了，我这种砍价高手，还没听说过二十块钱不给我还价。我说算了，还是租你的吧，租两件多少钱？她们说一百二十块钱。结果我就给了她们一百二十块钱，把两件棉袍拿走了。

这件事情给了我一个很大的触动，就是她们对陌生人有一种天然的信任。她们明知道我想买，当我租的时候，还是只收了一百二十元，没有要我的押金，而我随时可以走掉。当我转完塔尔寺，已经离商业区很远，但我特地冒着寒风，专门把这两件袍子给她们送回去。我送回去的原因是：如果我没有这么做，我觉得我对她们的伤害太大了。她们有可能从这一刻起，永远不再相信别人了。

当我回去的时候，两位大姐表现得很自然，完全没有意识到，这有可能是“失而复得”的两件袍子。最后我还是花了四百块钱，把两件棉袍买走了。现在这两件袍子还留在我的家里作为纪念。应该说这是我对青海的第一印象，对人的印象。她们给了我的一种对人心清净的触动。

我对青海的第二印象是，她的文化。当我知道我们小时候所熟悉的西王母娘娘、嫦娥，她们的故乡都在青海时，这些太吸引我了。我不断挖掘整个青海的人文历史，包括追溯到最早的羌族，八千年以上的文化遗迹。天哪！我们寻找的很多记忆都在这儿，中国80%的神话体系，包括整个的华夏起源都在这里。遗憾的是，我们受的教育并没有告诉我们这些，我们也没有意识到，青海这里有我们真正的文明起源。

在青海，你能找到那么多灿烂的东西，很多文化都集结在这儿。包括丰富的宗教文化，藏传文化的起源就在青海；包括我们去的阿尼玛卿山，那是格萨尔王的宫殿；包括《格萨尔王传》，也是世界上唯一一部活史诗，很多后人对它的评价是超越《荷马史诗》的；包括青海的四千多种民族舞蹈，以及丰富的民歌艺术；包括西宁，南丝绸之路就在这条线路上；包括湟水河，

青海的文化可追溯到古羌族，羌人母系氏族时代的部落女首领被神话奉为西王母，成为母系原始崇拜的偶像，并由此引出中国最早的神话体系之一——昆仑神话。

《格萨尔王传》是藏族人民集体创作的一部伟大的英雄史诗，代表古代藏族文化的最高成就。《格萨尔王传》共有一百二十多卷，一百多万诗行，两千多万字，是世界上最长的一部英雄史诗，比世界上最著名的五大史诗——古代巴比伦史诗《吉尔伽美什》，希腊史诗《伊利亚特》《奥德修记》，印度史诗《罗摩衍那》《摩诃婆罗多》的总和还要多。《格萨尔王传》也是世界上唯一的活史诗，以“说唱”的民间艺术形式流传。

自古以来，青海都是重要的交通要地，譬如丝绸之路南路、唐蕃古道，都曾穿行于青海。这里是西部文明的大动脉，是几位藏传佛教活佛的诞生地。

那是一条文化的河流、历史的河流，你能追溯到的她的故事太多了，包括三江源，黄河、长江、澜沧江的源头都在青海。所以在这个地方，你越了解她，你就越觉得你爱这个地方爱得不行。在这里，我找到了源头的东西，找到了归属感。我觉得，这里才是我应该回归的地方。

如果你看到我在谈判桌上的样子，短发、强势、咄咄逼人，你大概想象不出我骨子里其实是一个挺不靠谱的文艺青年。我那极其感性的一面，已经偏离了我作为一个金融行业人的理性化思维。但确实是那样，我的心里装着一些梦想，它们是我的别处。

我这个人，当我爱一件事物，表达爱的方式是非常直接的——就是我能为她做点什么。我一边做着铜臭味的买卖，一边为西宁规划海湖新区两千多亩的湿地公园。另外我要建两座剧场，一座叫莲花剧场，一座叫昆仑剧场，全年上演五大藏族聚居区的佛教音乐和舞蹈。计划 2013 年动工。

我的故事可以让你相信：一个人无论多么世俗，内心都有清净的一块儿。

也许，越是在这个浮躁的社会当中，人们越是期盼那种清净感。重要的是，你能为这个清净做点什么？我不是那种坐在很小资的咖啡馆里，听着窗外淅沥沥的雨声就可以安心的人。我全部的方法就是直接、实干，因为我觉得生命太短暂了，每天恨不得工作二十个小时，去完成我的梦想。

包括我前年开始做青年电影节，朋友们总是很纳闷，我为什么有无穷的力气去做这些文化产业的事情。告诉你，因为这个地方，其实是个文化的富矿，但是没有人去开采。我跟青海文化接触之后，引进了青海电影节。我投入了大量的心血，得到了政府的重要支持。当你从一个新锐的角度去拉动文化的神经，你会发现，你现在干的事正是青海需要的。因为这些事，青海政府的朋友们不断地在信任我。其实对我来讲，也是一种压力，让我马不停蹄也乐此不疲地往前跑。

我跑得太快了，自己都有点跟不上，以至于现在重新在学英文。因为我希望有一天能站在国际的舞台上，亲口讲出我们的文化。我跟下属们说，你们不笑话我吧？我手下的小姑娘说，杨总我们怎么会笑话您呢？我们觉得很敬佩。我总是讲，人类最高的幸福不是衣食住行的满足，而是精神上的幸福感，它来自文化、音乐、艺术、公益以及一切美好的东西。

所以，当陈坤告诉我，2012 年的“行走的力量”将在青海举办，我毫不犹豫地参加了。不瞒你说，这是我人生的第一次徒步，甚至是第一次长途跋涉。

对于一枚怀揣梦想的女文青来说，从未“在路上”是一件可耻的事情；但是，对于一个生活在恶俗的金融环境里的职场女疯子来说，这太合理不过了。你可以笑话我是个分裂的人。

8 月 25 日，这一天的行走强度很大，需要徒步二十多公里，还要翻越一个难度很大的垭口。领队对志愿者们说，这是考验你们意志力的一天。早晨起程时，每个人都铆足了劲儿，准备接受阿尼玛卿山给自己的第一个考验。

阳光下的山坡营地上，杨巍早早地就换好了户外的装备，全副武装准备出发。一个媒体的朋友，拿她的专业行头开玩笑。杨巍做了个搞怪的动作，笑着说："姐走的不是路，姐走的是秀！"但是随即又与那人讨论前一天的行走感受。她认真讲话的时候，声音里有一淙悦耳的泉水，清澈，干净。

十分钟之后，大部队出发了。杨巍走在队伍的前方，脚步有点急，但她却能保持住那个节奏，把众人远远地抛在身后。

这是很艰难的一天，四千五百米一直在爬坡，特别累，我是女的里第一个到的。没错，我得了第一名。如果你问我得第一的诀窍，告诉你，其实那种情况下每个人的体力都差不多，拼的就是意志力。每个人走到四五公里的时候，都是在挣扎，但是我是一个永远在拼、永远不服输的人。我喜欢挑战，尤其喜欢对自己绝望之下意志力的考验，结果我扛下来了。在这样一个以心灵建设为目的的行走中，我不认为我的内心是清净的，因为我争强好胜。

当我到达垭口时，陈坤嘲笑我说："得多要强，才会走第一！"我说："我就是争强好胜，就是争第一，怎么着吧！"他给我做了个"鄙视"的鬼脸，就去挂经幡了。我看到很多人陆陆续续爬山垭口，和陈坤一起挂经幡，更多的人躺在草地上休息。这时候我看到一个更高的山坡，那里可以一览雪山的风景，我爬了上去。

我独自一人坐在山坡上，看着山下的金塔在阳光下反射着金光，远处的雪山寂静不语。我忽然意识到，这是我人生中第一次清静地待着。此刻手机没有信号，没有接不完的请示和汇报，没有开不完的会议，没有琐碎和处理不完的家庭琐事，所有喧嚣的声音都离我而去，我终于有时间去思考一些平时来不及想的事情。

回顾自己三十几年的生活，我发现我的人生永远都在爬坡。我喜欢的工作都是有挑战性的，不达目的誓不罢休，达到目的之后就去找下一个。我太要强了，或者说，这是性格犯贱所致。那天跟他们开玩笑，我说最让我痛快的一个场景，就是在谈判桌上。因为我喜欢对抗性的游戏，那是我考验自己的一个方法。这个是比较要命的一件事，其实挺吓人的，这样让我很疲劳。

唯格勒当雄垭口下有一座小寺庙，庙内用壁画以及唐卡介绍了阿尼玛卿雪山的神话传说。据说这里还埋着当年约瑟夫·洛克留下的十字架。

2012 年 8 月 25 日下午三点半，我坐在阿尼玛卿山的唯格勒当雄垭口上，在观察和思考着自己人生的爬坡。仿佛这是一个历史性的时刻，因为我平生第一次跳出来看到了自己。我看到了自己在城市里的焦灼忙碌，看到了因为缺乏安全感而马不停蹄的步态，甚至看到了，我在完成梦想时都无法抑制的急切姿态。这一切都不怎么优美，我这样说的缘故是，我感觉自己现在安静地坐在这里任思绪游荡，很优美。

我想起自己第一天到达下大武乡，走在一条毫不起眼的小路上，远远地看到雪山的时候。那个瞬间难以形容。我从来没想象过我会离雪山这么近，而且是这么重要的一座神山。那一刻我感到一种天然的敬畏，还有一种想靠近她的回归感。我觉得这是我的心到达的地方。

我也从没想过有一天会在路上。我平时不是一个有时间旅行、转山的人。在城市里忙碌不堪的我，走得最远的地方，就是步行四个小时的高尔夫球场地。不是我不想走，繁忙的工作，家庭的牵绊，永远处理不完的公务，责任太大了，走不掉，也没有勇气走。这次的经历对我来讲就是一段天外飞来的机缘，是我人生第一次真正走出去。

遗憾的是，我并不能和你们一起把阿尼玛卿山全部转完，因为我又被现实拖了回去。你问我有一天还会回来吗，我觉得我会。告诉你，其实我非常适合在路上，如果你看过我开车的样子你就会懂。

你问我此行最大的收获是什么，我思考之后这样回答你：我一直以为，为梦想而付诸实践的一切，是我引以为骄傲的“别处”。现在才明白，我的别处，是我休憩时安静的内心。

明天，我就要跟着大部队一起后撤，回到我熟悉的城市。

再见，祝你们好运。

摄影师手记：
8月26日，晴，从C2营地到哈龙沟再到C3营地，徒步二十四公里，海拔三千八百米，其间渡过一条河流。傍晚的营地里，队员们饥肠辘辘。这时，协助团队的自由马和渔夫高喊一声：“开饭了——”

——刘婷

路上到底有什么值得你去发狂

渔夫：男，25 岁，湖南湘西人，在拉萨与青海湖开了两家客栈，将赚来的钱用于行走。生命中一半的时间在路上。2012 年加入阿尼玛卿转山行走，在协助团队担任伙夫。

我们总认为美好的事物在远方，这样活着就有希望。当然，如今我依然这么认为，所以我还在路上。当有一天，我发现路上的一切，生活里原本就有，就是我该停下的时候了。

所有一起转过山或者行走过的人们，回来后常常会提起路上的经历。如果你身边刚巧有一个同行者，那些记忆会被反复提起，甚至有不同版本，还有可能会被夸大。当然也有人对此沉默不语，但这不妨碍你们彼此之间的默契，好比一起经历过海上劫难，或者同谋干了天大的一票，从此成为莫逆之交。在城市里要花上十年或者更多时间才能累积起来的信任，在路上，往往几天下来就有了。我至今没搞懂这个，究竟路上有何等神奇之处。

嘿，哥们儿，路上到底有什么，值得你去发狂？如果有人问起这个，我多半会支支吾吾一带而过。小时候讨厌写总结，或者概括中心思想，如同我今天不喜欢讲人生大道理。

我是大二退学的，2008年冬天。退学是因为那一年经历的事情。先是汶川地震，我去灾区做了志愿者，所见所闻让我对生命有了新的思考。然后是北京奥运会，我又去做了志愿者。那个夏天过后我就无心在学校待着了。我冷眼旁观着以后的生活：毕业后找个工作，朝九晚五赚钱买车养房，结婚生子走完一生。世界那么大、复杂以及残酷，我却他妈的昏睡过去直到老死，一想到这里我就打了个冷战。那不是我想要的，但我想要的是什么呢？不知道，我得去寻找。

几个月后，我退学了，打算到路上去看看。

我是2009年3月23日到的拉萨，记得特别清楚，在昌平沙河火车站买的一张硬座，坐了足足四十七个小时。那是我人生第一次长途旅行，从此就没停下来过。在路上我结识了很多人，现在生命里重要的朋友、爱人，几乎都是路上遇见的，包括一个云游四方的和尚——我的师父，他们给了我很多。

因为在青海湖边认识一个朋友，我们合伙开了一家客栈，我在青海住了一年。那段时间我的理想是以打鱼为生，所以给自己起名“渔夫”。一年后，朋友说拉萨有一家很大的客栈要转让，他一个人不敢接，叫我一块儿合伙。我和女朋友又去了拉萨。最后合作没有成功，但我们想既然来了，就开一家客栈吧。接下来一个月，每天早上九点钟，我和女朋友开始在大街小巷挨家挨户地找，拉萨基本上被我们走遍了。

至今还有很多人认为我有很深的背景，才拿到了邦达仓大院的经营权。其实不是。我们找了一个月，在拉萨市中心大昭寺附近找到了这座古色古香的大院，以前是拉萨贵族的府邸，有一百多年的历史，是拉萨古城区保存最完好的院子。你说这是奇迹也好，是运气也罢，在我看来，它又是路上的一个偶遇。

我在拉萨落了脚，但我落脚的方式和你想的不一样。拉萨对我来讲是一个驿站，一个可以让我去更远地方的暂留之地。每年我至少有一半时间在路上，安定的那半年也是在为在路上的半年作准备。

你问我找到了吗，我想要的东西？告诉你，还没有。我现在只是喜欢“走”这个动作。至于走到哪里，怎么走，都不那么重要。

今年夏天，一个登山协作团队的哥们儿问我，要不要来阿尼玛卿转山，他们团队缺少人手。我只问了一句，需要我做什么？他答：伙夫。

于是，我化身伙夫，又上路了。但这次的行走与往常不同，这是一个由八十人参加的公益活动，叫“行走的力量”，发起人是陈坤。起初我并不了解活动本身，但是为了不给哥们儿丢脸，我得立志做个合格的伙夫。

在协作团队里，我和阿怪负责做饭。阿怪是北京人，长得像《大话西游》里的某个妖怪，脸上永远挂着一副忘了你欠他钱的表情。他在拉萨也开了一家餐厅，生意不好也不坏。阿怪的厨艺一流，但很少出手。除非他喜欢的姑娘想吃他亲手做的菜。有一天他果然露了一手，炖了一大锅鸡肉烧土豆块，被大家一抢而空。但大部分时间，我们的分工是他切菜，我做饭。我的厨艺不怎么样，但是对于饥饿的行走的人们来讲，也算是美味佳肴。

我每天最愉快的时光之一，就是开饭时间揭开高压锅盖的时候。透过冒着饭菜香的热气，欣赏那些用勺子敲着饭盆、排队焦急等待打饭的人们。碰到漂亮姑娘来打饭，我会不动声色地暗中给她们多打一勺菜，或者多捞几块肉，这简直就是举手之劳。在山上，饥饿是最可怕的猛兽，我必须小心翼翼地与它相处。我用把一棵白菜切成一千条丝的耐心与毅力，一丝不苟地安抚它。这多少会给我带来一些满足。

春三月若不播种，
秋三月难收六谷。
冬三月若不喂牛，
春三月难挤牛奶。
骏马若不常饲养，
临战逢敌难驰骋。
虽饿不食烂糠，
乃是白唇野马本性。
虽渴不饮沟水，
乃是凶猛野牛本性。
虽苦不抛眼泪，
乃是英雄男儿本性。
——藏族谚语歌谣

为此我必须每天早上六点钟起床，打水、生火、熬粥、烧开水、煮面条。早饭简单些，一两个小时就搞定。等到所有人吃完饭后，我们开始收拾炊具，打包，等着牦牛队来装驮。中午大家领路餐吃，都是一些牛肉干、面包，我们没什么事儿。但是路上我们要保证行走成员的安全，有时候要背女生过河，或者保护掉队的志愿者。晚上我要比大部队先到营地，等物资从牦牛身上卸下来后，开始找所有的食物和炊具，打水、生火、切菜、做饭。每天如此重复。

8月26日，清晨六点。天刚蒙蒙亮，渔夫已经起床到溪边打水。他穿着一件灰色的厚羽绒服，踩着霜露，拎着两只大号的烧水壶，摇摇晃晃来到溪边。这天营地附近的溪水很浅，石头几乎露出水面。他笨拙地用水壶从溪里舀水。这时候阿怪来了："嘿，你整个矿泉水瓶子不就成了吗，接了水往里倒！"他想了一下说："你真聪明。"露出笨笨又懒懒的笑容。

渔夫从营地找了几只空矿泉水瓶子，灌满两大壶，又这样来回接了四五趟。早晨用水的地方很多，要保证八十个人喝的热水，两只巨大的高压锅还要煮面条。

一个半小时以后，开饭了。早餐是煮方便面、榨菜、小面包。今天将有一半以上的人员下撤，大多是媒体与工作人员。因为等待下撤的人装点行李，今天的牦牛队出发得比平时晚。当一排负重的牦牛缓缓上路时，已经接近中午。渔夫是最后一个出发的人，他看着所有物资被牦牛队驮上出发之后，才开始这一天的徒步。这天几乎都是盘山路，大队人马早已不见踪影，一望无际的山脉蜿蜒曲折，通向远方。

好了，现在伙夫退场，渔夫上场。（他捡了一颗鹅卵石，在手中抛着。）路上偶尔也会感到孤独，就像现在徒步的感觉。整个阿尼玛卿山安静得没有杂音，有一种"前无古人，后无来者"的空旷感，这种感觉很好，我可以选择思考或放空，很自由，这就是路上的感觉。

你问我，路上很苦，还有心情去感受风景吗？当然！苦就是风景的一部分，如果你不懂这个，那么你就不怎么懂“在路上”。

路上的人，都有一颗不安分的灵魂。这个灵魂必须承受苦，才能接近他想寻找的真相。我曾经徒步中东和非洲，一路从陆路过境，经过二十一个国家。我搭过车，借过宿，穿越过原始森林，也曾经身无分文走完一个国家。大多数都是一些需要苦旅的国家，像印度、尼泊尔、阿富汗、孟加拉国等。但不知道为什么，我对这些国家总是很迷恋，有时只是听听它们的名字就很兴奋。刚开始一个人走的时候还有些担忧和害怕，后来感觉很好。我最恐惧的不过就是死亡，当我明白死亡是时刻伴随我左右的，我忽然不怕了。

托尔斯泰有句话应该可以很好地诠释我的心态：“我想要的，是跃动的而非安逸的生命历程。我向往的，是刺激和危险，并愿意为我所爱牺牲自己。”我理解的“所爱”，是我选择的一切，为此可以牺牲金钱、温暖安逸的生活、他人对我的期待，到了一定程度也包括生命。

大队人马到达营地时，驮着物资的牦牛队还没到。志愿者们无法扎营，幸好太阳还没下山。陈坤带着志愿者们在四千米海拔的雪山上围坐一圈对歌。渔夫加入了他们的行列。起初气氛很热烈，但随着气温的逐渐降低，志愿者们有些冷了，累了。陈坤一直神采飞扬，甚至不惜耍宝和搞怪，调动弟弟妹妹们的热情。

体会到那一份良苦用心，我对坤哥有了好感。以前对他的印象一直停留在《金粉世家》里那个柔弱的金家少爷上，接触之后发现全然不是。他本人很阳刚，很真实，也是个性情中人。有一次看到坤哥走路的状态，说实话我吃了一惊。当时山路比较难走，要翻好几个山坡。他的速度很快，有时候连我们这些玩户外的人都追不上。那个专注的状态让我想起一部电影《阿甘正传》，他走路的时候世界上只有路，除此之外什么都没有。

转山的路上，另一件让我震惊的事，是我知道行走结束后，志愿者会去支教半年。我的小学是在湘西的大山里念的，整个六年都是不同的支教老师带的。对我人生影响最大的也是一位支教老师。我特别尊敬他们，也想过去做一次支教，却舍不得也放不下时间，哪怕只是半年。我跟坤哥说，很惭愧，我做不到。他说他也做不到，现在能做的，只是一些小事。这个“小”字触动了我，不敢说将来我会改变什么，要改变也是先从小事做起吧。

有一天坤哥问我，老了以后在哪里生活。我说会回湘西老家，落叶归根。他笑着拍拍我的肩，问我何时会隐退江湖。我想了想说，我爱的人一直在等我停下来，而我在等待路给我一个答案。他很不经意地说了一句：行走不一定用脚步，心也可以。

傍晚七点三十分，在志愿者等了三个小时之后，驮着物资的牦牛队终于到达营地。比平时做饭的时间晚了一个多小时，渔夫找到炊具，打算用最快的时间做出一顿美味的晚餐。他拿出在山下煮好的、真空包装的牛肉，取出那把切菜的大刀。

感谢你听我的故事。我讲述的过程也是一次对生活的梳理。如果你问我在路上所付出的代价是什么，我想，是我更接近真相了，也许那个真相你我并不想知道。

我们总认为美好的事物在远方，这样活着就有希望。当然，如今我依然这么认为，所以我还在路上。当有一天，我发现路上的一切，生活里原本就有，就是我该停下的时候了。

这个过程，你得走过才知道。

摄影师手记：
8 月 27 日，雨，海拔三千九百米的营地上，耐寒的牦牛们伏在铺着霜露的草地上休息。我靠近一只体格最强壮的牦牛。它睁开眼睛，没有望向我，而是盯着前方。我问赶牦牛的藏族男孩扎西尖措："它们每年要走多少路？"他想了想说："从玛沁县到北京这么远吧。"

——吴齐力

当我知道世界有多大的时候，我会回来

扎西尖措：男，16 岁，藏族人，初三学生，假期以放牧为生。2012 年因放牧参加阿尼玛卿山行走，是牦牛队的放牧成员。

你告诉我，我们都对远方的世界充满向往。那么我懂了，你们为什么从那么远的地方来到这里，就像我想去长城一样。长城是我的远方，阿尼玛卿山是你们的远方。

虽然我不太理解你们为什么来这里转山，但是很高兴你们来。人们是因为知道阿尼玛卿山才会来这里，同时我们山里的牧民也受了你们的恩惠。

我住在玛沁县下大武乡的一个村子里，距离你们常常提到的阿尼玛卿山只有十公里。我出生在一个藏族牧民家庭，家里有阿爸、阿妈、哥哥、阿嫂、小侄子、我，还有二十六头牦牛和几十只羊。我们村世代都以放牧为生，但是这几年有些变化。每到夏季，也就是七八月份，村子里的导游，也就是我家隔壁的吉桑就会来找我哥哥，雇用我家的牦牛给转山的人驮运装备。这是一笔不小的额外收入，哥哥总是很高兴地接受。

哥哥第一次牵着牦牛给转山的人做向导，只有十六岁。那时候我八岁。我也想跟着去，但阿爸说我太小，搬不动牦牛身上的装备。直到我十四岁的时候，阿爸才让我和哥哥一起，跟着牦牛队进山。

哥哥不仅要给转山的人带路，还要保护他们的安全。我的工作主要是装卸东西和赶牛。早晨出发的时候，我把装着帐篷和炊具的麻袋驮到牦牛身上，用绳子勒紧，晚上再把它们卸下来。虽然心疼牦牛，但还是喜欢这样的工作。真正的原因不是像哥哥想的那样，可以为家里多赚些钱，而是，你知道的，我可以看到外面的世界。

听阿爸说，在我出生以前，很少有玛沁县以外的人经过我们村子，这里很封闭。但是自从我出生以后，村子里开始出现一些背着背包、拄着“两支拐杖”的人，我们叫他们汉地人。他们来到这里，可不是好奇我们的村子，而是为了转阿尼玛卿山。他们讲的是汉语，最初只有吉桑能听懂，后来大家都能听懂一些。我比哥哥懂的汉语多，因为我上学的时候，学校里已经开了汉语课程。

我十四岁的时候，开始跟着牦牛队一起转山。我喜欢听那些汉地人讲话，他们懂得很多。但是我的汉语讲得不好，所以每当他们跟我打招呼的时候，我总是笑。我刚才说了，虽然我很喜欢他们，但是并不理解这些背着帐篷和睡袋，从很远的地方来山里走路的人。我们藏族人只有在转山和游牧的时候才这么做。

如果你好奇的话，我可以给你们讲讲有关游牧的事。对藏族牧民来讲，游牧的生活很苦。我之所以这么讲是因为，几乎每年寒假我和哥哥都会经历一次游牧生活。我们藏族的家庭是这样分工的：阿妈和阿嫂在家里做手工、缝制衣服、织补帐篷、挤奶、制酪、剪毛、搓毛线、鞣皮子、制毡，阿爸要掌管家中的大事和对外的联络，家中的男孩负责放牧。

春夏的季节，放牧并不辛苦。太阳出来的时候，阿妈给我和哥哥吃过糌粑，我们就赶着牛群和羊群出了家门。我们这里有大片的草场，但是每一片草地都不同。哥哥总是能找到最肥美的草场，一般都是在很远的山上或者坡地。牦牛和羊群走得远，吃得多，就长得肥壮。

秋季的时候，放牧的同时还要打草，这些草要储备起来，给牛羊过冬。一到冬天，附近的草就开始荒了，如果秋季打的草不够过冬，哥哥就得带着我，赶着牦牛群去很远的地方游牧。你问我要走多远，不知道，哪里能找到水草就停在哪里。但神山总是会赐给我们一片草地，让我们的牦牛可以过冬。

我们住在帐篷里，吃着带来的糌粑和青稞饼。你能想象到的，很冷，有时候还会下暴雪。我们差不多要忍受一个月以后才能回家。那个时候很想念妈妈煮

挤奶、制酪在许多游牧民族中都是女人与老人从事的工作。在春、夏、秋季，几乎每日都要挤奶两三次；即使在冬季与早春，也需挤一些畜奶以供食用。剪牛羊毛作为日用（将牛羊毛剪下后搓绳、编织、制作衣物、缝补帐篷以及运送贩卖），也是一年中的重要工作。青海南部和四川北部的藏族牧民，剪羊毛通常在初夏七月，剪牛毛在四五月间。

阿尼玛卿雪山脚下是水草丰盛的高山牧场，泉水交错，溪流蜿蜒，灌溉着无数称为“梅朵塘”的草滩。夏季草滩上花团锦簇，是牛羊栖息的天堂。

的酥油茶，做的蕨麻米饭、手抓肉和奶酪，我知道妈妈一定很想念我们。

讲到这里，你也许明白了我为什么不能理解那些从很远的地方来山里走路的人。

8 月 27 日，雨从夜里一直下到清晨。这是行走团队进山以来遇到的第一场雨，因为缺少雨中拔营的经验，领队们正在讨论是否等雨停。营地选在山脚下一片较为平整的草地上，因为前一天部分人员下撤的缘故，行走团队只剩下不到五十人。二十几座帐篷在青灰色的雨雾中紧闭门帘。雨打乱了行走的节奏，而牦牛队的藏族牧民们，一切都如往常一样。

跟随行走团队进山的牦牛队一共六个人，扎西家的兄弟俩，以及同村的四名牧民。他们习惯了早睡早起，天不亮就起床，准备一天的烦琐事务。在雪山里，每天除了太阳升起到落山之间，温度有十几度以上，其余的十几个小时，气温都在摄氏零度以下。对于寒冷，他们已经习以为常，所住的帐篷也是较差的，多半是上一个团队留下的。

凌晨六点，扎西家的老大从帐篷里钻出来，提着一只破旧的茶壶去河边舀水，然后生火煮伏茶。这天早晨，因为下雨的缘故，无法在石头堆起的临时炉灶里生火，他拿出备用的煤气罐和一只很小的煤气炉，在帐篷的门帘处，用带火石的打火机把炉子点着烧水。

扎西家的老二叫扎西尖措，今年十六岁，他是玛沁县下大武乡中学的初三学生，利用暑假的时间和哥哥一起转山。扎西尖措会讲一些汉语，大概因为性格腼腆的缘故，很少说话。大多数时候，他喜欢和牦牛在一起。

穿着藏袍、戴着毡帽的扎西尖措走进细雨里，他拎着一只旧铁桶，从河边打水后，逐一给伏在草地上的牦牛喂水。今年行走团队雇用了近三十头牦牛，其中十二头是扎西家的，另外十几头属于村里其他藏族牧民家。给牦牛喂水的时候，扎西尖措一一叫着牦牛的名字，用藏语跟它们讲话。牦牛的眼神，像牧民的眼神：干净，若有所思，生怯怯的。对于世事的复杂，浑然不觉。

等扎西尖措回到帐篷里，哥哥已经熬好了伏茶，叫了隔壁帐篷的同伴一起喝茶聊天。看起来他们不怎么在乎下雨，几个人在帐篷边上围坐一圈，从布袋里拿出自家带的糌粑和干粮。

早晨八点，行走的团队还没有拔营，吃过早饭的扎西尖措又回到牦牛群边，照看他的朋友们，同时等待团队出发。扎西尖措长了一张柔和而英俊的面孔，脸上永远挂着憨厚单纯的微笑，如果你不留意，也许就错过了。

牦牛是藏族人重要的驮运工具，有“高原之舟”之美称，是雪域高原之宝，是藏族牧民生活、生产的主要工具。它不仅为牧民提供肉、奶及其乳产品，牧民穿的牦牛毛藏袍，住的牦牛毛帐篷，用的牦牛绒氆氇，踩的牦牛毛藏靴，全都离不开牦牛。藏族人对于牦牛并非单纯地索取，准确地说，他们善待生灵，藏族人与牦牛之间是相互依赖的关系。

你们汉地人怕雨，是吗？张明告诉我，在城市里，下很小的雨也要打伞。在我们这里，没有人打伞，除

非雨下得很大，我们会穿雨披。我的汉语讲得不好，可能会讲得很慢。不过你们是我们见过最大的转山队伍。领头的那个明星，我可能在电视上见过。我问张明，他是不是电视上的那个人？张明说他叫陈坤，还问我长得帅吗，我说电视上的帅，本人不帅。

张明是我的好朋友。他经常来我的帐篷里做客。我们是在这次转山的时候认识的，有一天我对他笑，他也对我笑，我们就成了朋友。张明很喜欢给我照相，也喜欢问我一些关于藏地的事情。比如我们这边的男孩多大结婚，我们会不会上学。

我们藏族人结婚很早，男孩十七岁就可以，女孩更早。阿妈说我要是不上学的话，明年就让我结婚了。我还没有交过女朋友，不过我知道自己喜欢什么样的女孩。我曾经喜欢过初一时的同班同学，她很善良，笑起来很好看。你问我如果是汉族的女孩，我会不会喜欢她？（不好意思地笑）不知道，我不了解她们，如果了解的话，可能会喜欢吧。

我六岁的时候上学，在我们村的一所爱心学校，中学是在乡里上的，我已经读完初三了。不知道阿爸会不会让我读高中，我哥哥小学五年级就退学了。在我们藏族家庭，家里有两个男孩的，老大在家帮忙工作，老二才能去上学。因为我上学了，哥哥很辛苦地赚钱。听阿爸说上高中要花很多钱，现在阿妈身体不好，所以，我不知道。

你问我想读高中吗？想，因为我想考大学。村子里没有人考上过大学，我们果洛州这边的观念是，读的书再多，回家还是放牛。但是我认识张明以后，他给我讲了很多大学里的事情，我很喜欢听那些。

我想考大学，是想去很远的地方看看。我去过最远的地方就是游牧的地点，没有走出过玛沁县。如果你问我最想去的地方是哪里，告诉你，是北京。我有很多有关北京的问题想问你：北京远不远，多长时间能到，北京最好吃的是什么，北京的大学是什么样子，还有北京的长城……

上午八点半，行走团队开始在雨中拔营。扎西尖措把志愿者们送来的几十只麻袋分别捆扎在牦牛身上，紧一下绳索，并且逐一检查。等牦牛队缓缓前行的时候，大部队已经走得不见踪影。扎西尖措牵着牦牛往前走，经过切格尔那白塔时，他望见白塔对面的山崖上挂满经幡。雨中的泥洼里，留下前行者深浅不一的脚印，牦牛的脚印更深地印在泥泞里。

你可以告诉我，那些人为什么来这里走路吗？张明告诉我，他们在做一个行走的活动，说走路能让心安静下来。我还是不理解，为什么要来很远的山里走路，为什么不能在你们的家乡走呢？这个问题我想了很久。

切格尔那白塔身后的山崖上，传说有大宝法王的修行洞，藏语译为“阿尼桑姆”修行洞，藏族历史上有很多高僧大德曾在这里修学佛法。山洞口的岩石上还留有格萨尔王的神驹和神犬的足迹。

我曾经问过阿爸，他告诉我，可能跟我们藏族的转山是一样的。可是我觉得，他们还是有些不同。奶奶活着的时候告诉我，爷爷曾经用了一年的时间，叩长头转完了整座山。我放牧的时候，也见过像爷爷那样的转山人。给我的感觉，他们把雪山装进了心里，他们相信这座山。可是一些转山的汉地人，他们并不相信，从他们的眼睛里能看出来。如果没有相信的话，转山就只是走路。走路在哪里走都是一样的。

你告诉我，我们都对远方的世界充满向往。那么我懂了，你们为什么从那么远的地方来到这里，就像我想去长城一样。长城是我的远方，阿尼玛卿山是你们的远方。

我的故事讲完了。在结尾的时候，我想告诉你一个好消息。刚才在路上，哥哥对我说：“开学后你去上学吧，来的时候阿爸和我商量过了，我们想让你继续上学。”

我有可能要去远方了。我只是去看一看。当我知道世界有多大的时候，我会回来。那时候我才知道，该如何去爱我的家乡。

摄影师手记：
8月28日，阴，C4营地到C5营地，徒步十七公里，海拔四千二百米。经过度母神泉时，天开始转晴。陈坤和上师们停下来，在溪水边挂起经幡，然后席地而坐，为众生诵经祈福。

——尹超

转山转动了我的念头

黄毅：男，36岁，北京人，七年前为了积累“政治资本”，从北京调至西宁挂职。2012年参加阿尼玛卿转山行走。行走结束后，他打算推翻原本的计划，留在西宁生活。

不知道你相信吗？有时候你困惑已久的问题，上天会在某一刻给你答复。不知道是哪一天，哪个瞬间，它突然就出现了。用一种你了解的方式告诉你，你要做什么。

我想现如今每个地方都有我这种想升官发财的人，所以当我告诉你七年前我作的决定时，你一定不会惊讶。

2005年，我在北京的一家单位工作，当时我们和青海有一个合作项目，领导想让我去负责，为此我要到西宁挂职七年。其实我是个喜欢往外跑的人，可一走就是七年，这让我犹豫不决。领导一再暗示我，这是在为我积累“政治资本”。对于一个男人来讲，“资本”是个诱人的词儿，就这么着，我一咬牙奔了西宁。

七年前的西宁，真叫一个破啊！要什么没什么。对于一个从小生长在北京的人来说，我的第一感觉就四个字：被流放了。当时我跟妻子商量，我每年有三个月假期可以回北京，她有三个月的寒暑假可以来西宁（我妻子是老师），这样我们每年就有半年时间能在一起。真不容易，头几年我们就是掰着手指头数日子熬过来的。

不知道你认同吗？人是一种很容易被习惯给腐蚀的动物，这一点在我身上尤为严重。我从小就是个习惯依赖型人格的人，一件东西用久了就不舍得扔，和一个人处时间长了就想一辈子在一起，对城市也一样。

不知从什么时候开始，总之当时间一天天翻过去，我调回北京的那本“日历”越来越薄时，我开始迷恋上西宁的生活。

我必须要分析一下才能找出我迷恋的根源。在我眼中，西宁和其他很多城市不一样，这个城市很小，生活简单，节奏缓慢。你可以说，有很多三四线城市都有这个特征，但我还是觉得西宁不一样。这里工业不发达，商业也不发达，当地人大部分都在国家单位工作，收入不高。但是我发现，当地老百姓生活得很幸福。他们的幸福指数是我去过的这么多城市，除了成都之外最高的。原因之一是：我发现当地人的想法很简单，只要能温饱，一家人热热乎乎过日子就很幸福。他们很容易被现实满足，欲望很低，你在那儿有时候会发现，时间好像是停止的，不转的。

当然那是个错觉。时间这个伟大的哲人，从不会因任何阻碍而稍有停留，在我们没有出生之前、我们去世之后，它都像阿尼玛卿山的河水一样，无情或者深情地流淌着。太简单了，我说西宁的生活。如果时间没有停止，那么是某个通道停止运输了？我指的是西宁与外界交流的通道。你从跟当地人聊天能看出来，他们对娱乐新闻、热门词汇、最新流行的事物，完全不敏感。说个简单的，微博流行很多年了，这个都市人已经离不开的与世界互动的工具，在西宁当地没有用武之地。

可是西宁人又很宽容，他们接受一切：接受外界的繁华万变，接受传播渠道的窄小阻塞，也接受通道这头的陈旧落伍。有时候，外地人要是和当地人合作一个事，会发现他们跟不上节奏。你没有办法让他们跟上你的节奏，因为那就是他们的节奏。

我就是被这样的节奏给吞噬了，或者说，我迷上了这样的节奏。除此之外，我是个怀旧的人。我发现，在西宁，2008 年的西宁，基本相当于 1998 年的北京，时光倒退十年。我记得 1998 年的我，正在电视台实习，偶尔会尝试当主持人，制造着一些现在打开地方台还能看到的节目。哦，我终于知道为什么迷恋西宁了，这里和北京等大城市保持着“时差”。当生活在不断翻篇的时候，因为时差的缘故，这里还过着我记忆中的生活，保持着记忆中的老旧与宁静。

那几年里，我每年有九个月在西宁，三个月在北京。于是，我的生活成为了四分之三加四分之一的时空跨越组合。它们拼在一起构成了我的生活，但它们不能完美地合二为一，因为中间隔着一扇厚重的门。每当我推开这扇门，从一个时空跳到另一个时空时，都感觉恍若隔世。是的，每次倒时差，我都需要一点时间适应。

你会说，这些都是小事情，我不该矫情。就如我刚才说的那样，时间在以压倒一切的力量往前推动。我离回北京的日子越来越近，我的生活总有一天会安全着陆，那时，这七年的错乱生活只是一场梦。但是，问题是，我不确定在哪边着陆，这是最头疼的。特别是，当我去阿尼玛卿山转山之后。

嗯，不算 2012 年的行走，我一共在阿尼玛卿转过五次山。头三次是我陪客户去，除了累之外毫无感受。第四次，如果你有兴趣听的话，我可以给你讲讲我的收获。

有一天，一个喜欢户外的哥们儿对我说，阿尼玛卿山太美了，很适合户外徒步。我说不对啊，我走了三次，一点感觉也没有。哥们儿说，那大伙再去一次吧。我想都没想就说：走！那是我第一次抛开工作在户外徒步，没想到真的有点意思了。

最简单的感受是，当我走进阿尼玛卿山腹地，看看远处的山，看看漫山遍野的野花，像铺了一个大花毯子。我说：靠！为什么前几次没有看到！真的，我前几次转山就像瞎子一样。

转山的路上，我们走着走着就拐进了藏族牧民家，讨一碗酥油茶喝。牧民们纯朴、好客，我们到了他们家里也不感到拘束，那种感觉就像回到小时候。十几岁的我正在北京的胡同里撒野，玩累了回家发现门锁着，就去隔壁张大妈家或者李大婶家吃饭。那时候，在别人家蹭饭从来不感到拘束。我忽然发现，在山里，时光可以倒退二十年。

我曾经非常怀念那个时光，但是现如今的城市里再也找不到这种感觉了。我曾认真思考过城市人之间的疏远，后来发现，是万恶的“贫富差距”造成的。一家有钱了，怕被惦记上，关上大门；对门被伤害了，也关上门；到最后，有钱没钱的都关上了门，越关越紧。二十年前，每家挣的差不多，你家有的，我家也有，所以都敞开大门。我记得那时候还在用炉子生火做饭，熬的粥特别香。

当然我转山的收获不止花毯子和酥油茶。我在保持着时间差的空间里行走，无意中听见了自己呼吸的声音。那一刻，我感到整个世界都安静下来了。我像发现新大陆一样想告诉全人类：当你能听见自己呼吸声的时候，你就找到了安静的感觉。

后来，为了找到这种安静的感觉，我去过丽江发

阿尼玛卿山攀登历史：

1926 年，约瑟夫·洛克攀登阿尼玛卿山，勘测主峰超过九千米，比珠穆朗玛峰还要高，认为世界的第一高峰在青海。

1949 年美国登山者雷纳德·克拉克曾在阿尼玛卿探险和测量，他测出主峰海拔为九千零四十一米，超过了珠穆朗玛峰。

1960 年 6 月，北京地质学院登山队一一人沿东北坡首次登上阿尼玛卿三峰（亦有资料显示为二峰）。

1981 年 5 月，日本新潟上越登山队八人沿东南山脊登上主峰——玛卿岗日峰。

1994 年 7 月至 8 月，北京青年登山队攀登阿尼玛卿峰，因天气原因，在登顶后下撤中，队长汪晓征不幸遇难。

1996 年 8 月 1 日，北京大学登山队五人登上阿尼玛卿峰。

呆，去过冈仁波齐转山，都未能如愿。这两个地方都太商业化了，也只有在阿尼玛卿山这种人迹罕至的地方，能听到牛马叫的地方，能听到自己呼吸声的地方，才能安静下来。所以两年后，我又开始了第五次的阿尼玛卿山行走。

第五次转山我带着目的去，想找到安静的感觉，毫无意外，我找到了，但是感觉并不好。我发现，所有美好的事物都是在不经意间发生的。带着目的去，那种感觉就像你重温了一部电影，没什么新鲜的。对，就是这样。

所以，2012 年，也就是我在西宁任期的最后一年夏天，当领导找到我，说有一个陈坤发起的行走活动，去阿尼玛卿转山，听说我对那边比较熟，想请我作为工作人员去配合一下的时候，我没觉得第六次转山会比前几次有更多的收获。所以，带着执行任务的心情，我就来了。

8 月 28 日。下了一夜的雨之后，早晨的空气潮湿而清爽。黄毅的帐篷搭在牦牛队附近，清晨他没有去协作团队那里打早饭，而是找藏族牧民们一起喝了酥油茶，蹭了糌粑吃。黄毅会讲几句简单的藏语，他是个皮肤黝黑、轮廓硬朗的小伙子，个性中带有一种玩户外的人很常见的“五湖四海皆兄弟”的洒脱，以及北京人特有的幽默感。

早晨八点半，身穿一套专业户外行头的黄毅已经整理好装备，开始往前走。与他同行的，是永远穿着拖鞋转山的媒体合作人员杨波。他们通常选择比志愿者们提早出发，因为熟悉山路，有时候也会从不同的路线到达营地。

我不知道其他参与行走的人是怎样的心理过程，对于我来说，过了 27 日那天，进入真正无人区的时候，那段路才是真正的走路。怎么讲呢？头三天，部分媒体和队员还没下撤，我跟着一个八十人的庞大队伍行走，就像在赶路。每天担心有人高反、有人掉队，尤其是第三天晚上，老伍出事了，大晚上的脑水肿，我那根神经的弦绷得快断了。幸亏后来及时送了医院，老伍脱离了危险。那件事之后，我们跟三办方沟通，状态不太好的一律下撤。26 日部分队员下撤之后，我心里踏实了不少。剩下的队员都很厉害，体能很不错，后面我就摆脱了工作状态，开始走自己的路了。

我一般喜欢跟杨波一起走，有时候在路上也会遇见索南。我们几个人的步幅都比较快，能走到一起去。杨波是个很有意思的人，他一路都穿着拖鞋转山。有的女孩以为他是在装酷，其实他在湘西山里长大，从小光着脚爬山，穿拖鞋走路觉得舒服。

杨波在一家户外杂志任职，是个户外高手，也是滑雪高手。他曾经背着滑雪板攀上新疆的慕士塔格峰，从上面滑下来。他经历过与死亡擦肩而过的事，有一次滑野雪，遇到雪崩，迷路了，走了整整二十个小时，最后他都不知道是怎么走出来的。

像这种经历过生死的人，让他老老实实地走路，恐怕有点难受。杨波说他要去藏族牧民家借个摩托车玩儿，让我先走。我只好一个人继续往前走。

起初我有点沮丧。我属于那种话唠型，不说话就难受的。在路上需要跟人聊聊天，交流一下，因为身体太累了，说话也是一种排遣方式。参加这个活动之前，我就听说过“禁语”的规定。一直就不明白，为什么要禁语。这一天走着走着，路特别长，人很累。我突然发现，不禁语也得禁语，因为没心思说话。然后我意识到，不说话实际上是在跟自己对话。

突然间，我找到了与自己对话的方式：就是在行走中关闭你的嘴巴，打开你的心。这一次，我没有了向全人类汇报的激情，而是安静地思考了平时没有时间和空间去想的事情。

我在路上梳理了自己这些年的经历。我的第一份工作是在电视台实习，做过编导、文案、综艺节目主持人。尝试过后我觉得，这些都不是我想要的。太浮躁了，没真事儿。怎么叫没真事儿呢？就是大伙哈哈一笑就过了。我曾经拿综艺节目跟相声比较，相声过去之后你还有几句台词能记住，综艺节目呢，大家都是为了看一眼明星，看过之后什么都没留下，所以说没真事儿。

大学毕业后，我进入了旅游业，因为我爱玩儿，喜欢到处走。当我进入这个行业之后发现：又不是那么回事。做旅游的人和旅游的人是两种人：你在不停地为别人制订计划，忙碌之后发现，你没有时间去考虑自己的旅行。

之后我又去当了一年的英语老师，做得还不错，校长想把我留下来。我承认教师是个非常神圣的职业，但是生活太单一，我是个坐不住的人，所以放弃了它，重新回到旅游圈，然后有这样一个机会——来西宁挂职。一晃七年过去，我即将调回北京，享受事业的成果和与家人团聚的机会。可是，不知为何，我却有些不快乐。

我试着去寻找不快乐的根源，是我怀旧，还是我害怕打破习惯？好像是，又似乎不全是。我带着这个困惑向前走，看到不远处有三个人坐在山坡的草地上。我走近一看，是陈坤和他的上师们正在席地而坐虔诚地诵经。

我才发现，就在不远处的山崖下，有一处很不起眼的溪流，正是著名的度母神泉，溪水的周围挂着崭新的经幡。当时天气已经转晴，阳光从他们身后打过来，照射在阿尼玛卿山的草地上，给这些生命染上一层淡淡的金光。这幅画面让我想起了，小时候，奶奶轻轻抚摸我的头发时，心里的快乐与安宁。

在藏传佛教中，度母是观世音化身的救苦救难本尊，相传位于阿尼玛卿山的度母神泉是观世音菩萨左眼眼泪所化，是观音慈悲的化现。据说在这里用藏语念《卓玛经》，会保佑阿尼玛卿众生平安喜乐。

我从来没有告诉过你，我奶奶 2009 年去世时，我一度崩溃的事。其实我到现在都没有完全走出来。奶奶从我出生开始，就带着我。

奶奶是在我过生日前几天去世的。我生日那天，清晨四五点钟，梦见她来找我，特别真实，她什么话都不说，用手轻轻抚摸我的头发，像我小时候一样。

此刻，我感觉奶奶又回来了。有生以来第一次跪下，冲着神山双手合十，许了一个心愿：希望我奶奶能在那个世界过得好一些。另外我告诉她，她一直都在我的心里，没有离开我。

不知道你相信吗，有时候你困惑已久的问题，上天会在某一刻给你答复。不知道是哪一天，哪个瞬间，它突然就出现了，用一种你了解的方式告诉你，你要做什么。

西宁和北京之间有一扇门，两边是不同的世界，而我最终选择的，是那个令我的心感到安宁的地方。其实我一直以来所追求的就是这个。

我感到对不起自己的妻子。这七年，我们两地分居，来来往往很疲惫。就在将要团聚时，我却要说服她去作另一个决定。希望她能理解我，如果不能，我不敢想象自己会承受什么。

但我已经决定了，打算留在这里一辈子，死在这里。

摄影师手记：
8月29日，阴转雨，从C5营地到C6营地的途中要翻两个垭口，盘坡十六公里。当我和石灵翻越第二个垭口时，看见一只黄羊站在山顶。我不想惊扰它，所以没有举起相机。这时候石灵远远地和它对视，然后哭了。她说能读懂它的眼神：温和，友善，宽容，多情。过了一会儿，她对我说："你拍吧，它不会跑的。"我举起了相机。

——吴齐力

我要把转山的福报都送给你

石灵：女，29岁，哈尔滨人，2012年“行走的力量”媒体合作人员。带着对一个男生的爱，完成了转山的全程。

人总是要往前走，这是必须的。

我不信命。但我相信愿力。

八岁时，我想得到一个会眨眼睛的洋娃娃，不停地向母亲祈求。但我已经在过年的时候收到一套漂亮衣服了，我那个一向讲原则的母亲绝不会惯坏一个女孩儿的贪婪心，所以我开始转向天祈求。我太想得到那个洋娃娃了。那时候不知道有佛祖或耶稣的存在，否则那虔诚的心定使我成为佛教徒或者基督教徒。

有一天，我照例在放学回家的路上“捡荒”。对了，我从小到大都认为路上藏有宝贝，所以走路的时候喜欢低着头东看看西看看，希望能发现有什么东西跳入我眼帘。那些像赶路一样飞奔回家的同学，自然不喜欢和我同行。这正合我意。于是我总是一个人，摇摇晃晃慢慢地走，小心地检阅着道路两旁等待我的宝贝。

我忍不住想告诉你，我曾在路上捡到过什么：一支画不出水的油彩笔，一只斑驳的口风琴，各种形状的空玻璃瓶子，一只残破的鸡毛毽子（我用它得了课余体育比赛年级冠军），一只瘪了的氢气球，一块可以对着太阳看的红色玻璃片，一只板凳腿，以及各种稀奇古怪的东西。当然还有钱包、纸币、硬币，它们不属于宝贝的范畴，所以都交给了老师，换来一张拾金不昧奖状和两支自动铅笔。我想说，这一切都是老天和我做的游戏。我不知道它在哪里，但它知道我在想什么，并且经常给我回应，但我想不到会眨眼的洋娃娃会在路上等我。

在我走出学校大门不久后穿过一个街心花园时，在一条长木凳旁边，一只洋娃娃躺在地上。它脸上落了一点灰，但衣服干净整洁。它穿着一套粉色的冬装，戴一顶白色的帽子，金黄色的头发编成两条辫子垂下来，这正是我喜欢的会眨眼的洋娃娃。我轻轻捡起它，吹掉它脸上的灰土。它有非常美的卷卷的长睫毛和黑色的大眼睛，我用手碰它的睫毛，它就对我眨眼。你能想象一个孩子的心跳吗？

初二的时候，我想和一个男孩同桌。今天已经忘了他的名字了，只记得他有一双亮晶晶的大眼睛，笑的时候就像两颗星星。我们只有在升年级的时候调座位，所以整个暑假我都在非常虔诚地祈祷。在那之前，我几乎已经忘记了我和老天之间的游戏，你知道，随着长大我们已经失去了孩子单纯的相信。

开学那天，我的心怦怦地跳。当时是女生排一队，男生排一队，然后老师依次喊名字按顺序去某个课桌。我个子比较高，所以不停地在数前面的人数。当我发现和他差一个位子时，我的心一下就黯淡无光了。轮到叫我前面的女生时，老师说，某某某，你坐到最后一排去，下一个，石灵！一瞬间，我感觉自己又活过来了，就像太阳升起来，照耀着世界万物，所有的阴霾消失无踪。这种感觉，多年以后我在阿尼玛卿雪山观看日出的时候，才再次感受到。

我浪费了一点时间讲小时候的故事，其实它和后面我要说的故事有关系，我想说的是愿力。初二的座位事件让我再次找回了愿力的感觉。

我和“星星”同桌了两年的时间，直到升高中之后我们失散了。毫无疑问他是我第一个喜欢的男生。

当我遇到另一个眼睛像星星的男生，是在我转山之前的五个月，我过二十九岁生日的时候。朋友带来了一个和我同一天过生日的人。我还记得他出现时候的样子。个子不高，长得很干净，白皮肤，大眼睛，笑起来有点幼稚，但他的眼睛清亮得就像星星。

这是上天给我的礼物吗？我们相爱了。但这份“礼物”并不怎么让我感到安心，在一起的日子经常吵架，多半因为性格不合。对了，我们都很倔。

最激烈的一次争吵是在我转山之前的一个月，当时单位已经决定让我跟随陈坤的团队去阿尼玛卿山行走。当时我们几乎要分手了，我很想跟单位提出不去转山了，我害怕回来以后失去他。但是一个朋友告诉我，阿尼玛卿山是神山，被菩萨加持过，转山一圈是有很大福报的。

就是这句话，让我决定踏上转山的旅途。我刚才没有告诉你们，他比我小几岁，却背负着我不敢想象的压力。有一天夜里，我虔诚地对天许了愿：上天啊，他太苦了。愿将我转山所有的福报都送给他，愿我用此行之苦为他分担，我爱的那个男人。除此之外，我心里还藏着一个私念，也对上天坦白了：愿终我一生，每天早晨睁开眼睛，都可以看到那双闪亮的星星。

我带着这样的祈愿上路了。

8月29日，天气阴沉。从早起就刮风，刚行走又下起了雨。据转山的人们后来讲，从路况来看，这是最难走的一天。

志愿者们起初还排成队，走着走着就散开了。在队伍的末尾处，有一个瘦高纤细的女生，蓝色的雨衣套在身上，在风里晃荡。她戴一副白色的口罩，整个

传说阿尼玛卿山是十地菩萨的果位，绕山一周相当于念十三亿遍六字大明咒。如诚心转山，心想事成。

小脸几乎被捂上，只露出两只如小鹿般灵动的眼睛，柔和之外又略显戒备。

她几乎不和同伴说话，即使在路餐的时候。那冷漠的深处，不知藏着什么秘密。但是，当她的脚步踩向雪山上草地的时候，尽可能地绕过野花、泥泞里的蚯蚓以及求生的虫子。

她的体力似乎不太好，走路的时候，习惯性地依赖一对登山杖。爬坡的时候，走几步就要长久地休息。看起来这是一个在城市里娇滴滴的姑娘，似乎从没进过山，没走过这么远的路。但她的脚步非常倔强，还能看到一些任性。

翻第一个垭口的时候，有一队马帮路过。带队的藏族医生见她脸色惨白，问她要不要吸氧，可以用马驮着她走。她坚决地摆手。医生不放心，一路跟着她，并且不断询问。后来她有些急了，大声吼了两个字：不用！

我喊出那两个字的时候，知道自己伤害了医生。那是个执着的藏族男人，会讲汉语。从那以后，他就更远地跟着我。他很好心，但是我并不需要他的帮助。

我是带着一个比我的命更重要的心愿来转山的。为了实现它，我必须得一步一个脚印，一步都不能少地走完这座山。我没有办法跟他解释。我很累。

转阿尼玛卿山比我想象的还要难。这座山很强大，但也激起了我的斗志，我必须走过我人生中最难走的一道坎，除非死在路上，否则我不会停下来。我快虚脱了，高反和疲惫都在折磨我。但我不敢停下来吸氧，我怕片刻的休息都会摧毁我的意志。

终于翻上了第一个垭口。我看到坤哥正在山顶的雨中挂经幡。他看见我的时候，给了我一个关切的眼神。你知道，在行走的路上，一个眼神甚至比行动更能鼓励你，更何况他的眼神很坚定。起风了，他让我们先走。

雨打湿了我的口罩。我继续戴着它，对我来讲，这是我以自己的方式对神山的尊重，同时，它也是为我脆弱心灵挡风遮雨的窗户。爬越第二个垭口，是我有生以来遇到的最艰难的考验。即使转山的信念一直在支撑我，有一刻我也真的几乎要放弃了。就在我想扔下登山杖躺在潮湿的洼地里的时候，我看见一只黄羊，站在垭口上，静静地看着我。

我愣住了，也看着它。这只雪山上的生灵，似乎能读透我的心，用最慈悲的眼神看着我。那种眼神我永远都会记得：温和，友善，宽容，多情。黄羊出现的那一刻，我感觉它是上天派来安慰我的。甚至于，我灵光一现：那就是我。我的眼泪止不住地往下流。当时我的身边站着一位摄影师，他在雨中站了很久，一直没有举起相机。我对摄影师说："你拍吧，它不会跑的。"它怎么可能跑呢？它就是我。我就在这里。

阿尼玛卿山的牧民一般不在神山上打猎，这是千百年以来的习俗。

在朝拜途中，转山者会遇到一些奇怪的自然现象，传说这是山神赐给他们的礼物。

当我继续往前走的时候，依然是深一脚浅一脚，全身依然无力，但我的心平静了。我感觉神山无时无刻不在注视着我，包括我走的路，包括我的真心。我相信真心可以改变逆境，带来奇迹。但是不知道为什么，后来的路上，我看到一座山或者一群山在我视线里迅速远离，越来越远。当天晚上有信号之后，我给深爱的男人发短信说："藏地的天很蓝，非常辽阔，所有的山在迅速远离我。"

这天傍晚，志愿者陆续到达营地，迎接他们的是每人一碗冒着热气的牛肉汤。石灵几乎是最后一个到达的，她把行李扔下，没有顾上喝一口热汤，就一个人跑到山崖边打电话。进山几天以来手机第一次有了信号。她这个电话足足打了几十分钟，远远望去，不知在说些什么，只是不停地用手背抹着眼泪。

石灵回来的时候，陈坤给她盛了一碗牛肉汤。她哭着给陈坤讲了自己转山的故事。当说到转山的福报时，陈坤对她讲："转山的福报共有七分，自己得六分，其余一分可赠予他人。你可以赠给一个人，你也可以赠给众生。你懂吗？"讲完之后，他盯住石灵说："我把那一分福报送给众生，这其中有你男朋友。"女生哭着说："谢谢！"

我懂了，但我又没有特别懂，因为我全部的心都在那个人身上。那天夜里，我久久未睡，一个人坐在寒冷的星空之下。青藏高原的夜空，永远比你想象的震撼，隔着不知多少光年，那些星星像在对我眨眼，我不能抑制地流泪。

我转山的故事讲完了。你一定好奇后面发生了什么。我不确定是不是准备好了告诉你，但出于一个讲故事的人对听众的忠诚，请允许我有所保留地讲完它。

是的，回到北京后，我们分手了。那天我带着行李直接去找他，告诉他我转完了山，将所有的福报都给了他。他冷冰冰地说“没有这个必要”。然后，他对我讲了非常残忍的话。如果你问我，他对我说过什么，我已经忘了。请原谅我这唯一的保留。

我大约花了两个月的时间，从死亡的冰窖中逐渐活过来。那段时间，我除了上班，一直在思考。我明白了那些山为什么在远离我，明白了爱情的真相是无力感，但我没有明白，我的“愿力”哪里出了问题。小时候我想得到一个洋娃娃，向上天祈求，它给我了；长大后我想得到一个男人，上天却没有给我。

直到有一天，我接了一个电话。那天晚上，他的弟弟告诉我，他被烧伤了，躺在医院里。他说是瞒着哥哥打给我的，求我去看他。

我去了，去看那个上半身包着纱布，躺在床上怕任何细小伤害的男人。他看见我的时候，眼睛里有很多泪水，但一直没掉下来。我对他说："你的眼睛还是很亮，像我第一次见到你的时候一样。"我说话的时候，眼泪都流在口罩里了。

尽管他做过伤害我的事情，但他依然是个好人。我告诉他："你好了我也会好。"他轻轻地说："那么，你好了我也会好。"我看着他的眼睛说:"我会越来越好，因为有你鼓励我。"我走的时候他说："谢谢你。"那声音太小了，我要把耳朵放到他嘴边才能听到。

他弟弟送我出来的时候告诉我，痊愈之后，他的手臂上会留下烧伤的"花纹"。我说我的心里也会留下一个"花纹"，是纪念。就在那天以后，我想明白了。其实我一直都在"要"，包括我的转山。直到在医院里心最痛的时候，才学会了悲悯。

走出医院的时候，已是冬天。冷风吹在我的脸上，我摘下口罩。

在我经受磨难的时候，神山一直在看着我；当我分手后疯癫哭笑的时候，上天也在看着我，既无嘲笑，也无怜悯。是的，这是我自己的路，我必须独自走完它。

无论怎样，与上一个脚步告别是件残酷的事。但人总要往前走，这是必须的。

摄影师手记：
8月30日，晴转阴，转雨，C6营地—冰崩区—C7营地，徒步十一公里，海拔四千五百米。索南带我来到一个山坡，偌大一片野地上，散落着黄羊和牦牛的骨骸。他问我害怕吗。当然不。我没有读到恐惧与荒凉，却读到了这片神山曾经给它们的馈赠。因为在此之前，这个藏族男人给我讲了很多有关神山的故事。

——刘婷

能走多远就走多远

索南：男，33 岁，青海省果洛州玛沁县旅游局局长，藏族人，深爱自己的家乡。2012 年，作为青海省政府方面的协作人员，参加阿尼玛卿转山行走。

一个平凡人尤其要藏好他的眼泪。

我不确定你听我的讲述时会不会因无聊而抓狂。以前有过这样的例子。我对一个想了解阿尼玛卿山的汉族小伙子，连续讲了五个小时。从午饭喝酒开始，一直讲到晚上。结果，那小子吐了。

我不是抓着谁就跟人家狂聊阿尼玛卿山的人，前提是你好奇了，你来问我了，对嘛！我们藏族人是这样的。你来家里做客，我们会拿出最好的东西招待你。阿尼玛卿山就是我心里最好的珍宝，我希望有更多的人能了解神山，像我一样爱她。这是我此生最大的心愿。

我小时候的心愿不是这个，那时候我想做个英雄。

想当英雄的那小子出生在青海省果洛州玛沁县阿尼玛卿山附近的村落里，喝着雪山融化的水，听着雪山脚下的故事长大。我小时候听的最多的是格萨尔王降妖伏魔的故事。格萨尔王是我的偶像，也是我们藏族人心目中最大的英雄。他一生戎马，统一藏族各个部落，而且除暴安良，惩恶扬善。从懂事开始，我就想做格萨尔王那样的旷世英雄，所以我从小苦练骑马、摔跤，对于打架也很在行。

小时候因为打架，不要说在村里，在整个乡里都有了名气。父母头疼得要命！初中的时候，他们把我送到汉地学习。我十三岁离开藏族聚居区，十八岁回来。

我在汉地读了六年的书，学会了汉语，也打开了眼界，看问题不再局限在一个小范围里。比如我想当英雄这件事，一个汉族老师告诉我，所谓英雄气概，不在拳脚厉害，在于内心的博大和无畏。况且在他看来，格萨尔王真正伟大的地方在于他造福百姓，传播文化。我觉得他的话有道理。但那个老师没有告诉我，怎么样才能成为内心博大的人。

回到家乡后，我误打误撞地进入了公安系统，由于工作成绩不错，加上运气好，十九岁就当上了我们这边的派出所所长。少年得志，前途无量，你可以想象我当时有多自大！方圆几十里是老子说了算，特权思想非常之严重，再加上脾气很臭，目中无人，今天看来，就是一土匪！而那时，我却以为自己是个“英雄”。

猛虎王斑斓好华美，
欲显威漫游到檀林，
显不成斑文有何用？
野牦牛年幼好华美，
欲舞角登上黑岩山，
舞不成年轻有何用？
野骏马白唇好华美，
欲奔驰倘徉草原上，
奔不成白唇有何用？
霍英雄唐泽好华美，
欲比武来到岭战场，
比不成玉龙有何用？
——摘自藏族民谣

说起来，我性格的巨大转变是因为一次转山经历。我虽然是藏族人，出生在阿尼玛卿山脚下，却因为各种原因，直到 2005 年才第一次转山。当时工作里遇到点不顺心的事，突然有了转山的念头。那年夏天，我请了假，没有找向导，一个人去转了山。

今天来讲，我是绝对不建议一个人转山的。阿尼玛卿山大部分是无人区，手机没有信号，无法与外界联系。一旦遇到突发事件，立刻就陷入孤立无援的境地。但我当时太自负，并且想一个人静一静，所以独自进了山。

我一共带了十天的干粮，但是在第七天的晚上，突然下起大雪，山路被封住了。当时既不能前进也无法后退，并且因为出发前的轻率，我没有作足御寒的准备。当我在雪地里被困了两天，快要弹尽粮绝的时候，我人生第一次有了恐惧的感觉。我恐惧的还不是死亡，而是我在那个环境之下的胆怯。

对于一个想成为英雄的男人，承认自己胆小是件多么难的事。但我必须得承认，当时我真的胆怯了，烝了。二十多年来，我一直以为自己是个天不怕地不怕的人，无论是小时候打架，还是后来的执行公务，但当我独自一人面对自然界的残酷与无常时，我才真的认清我自己！那种感觉太糟糕了，足以击败我全部的自尊心。

也许放弃了自尊的人反倒能活下来，也许是神山

阿尼玛卿山天气变化无常，有时一日数变，风雪冰雹交替降临。据实测，每年四月底以前为狂风大雪主宰，六月初以后至八月末以前，阴雨连绵，雪雹齐全，时而还伴有龙卷风，日降水量十毫米左右的情形往往持续二十天以上。一年中最低气温出现在一月分，峰顶气温在 −50℃以下。

认为我命不该绝，我从雪地下面挖到一种可以食用的野生植物，就是这些野草救了我的命。等我走出阿尼玛卿山，已经是七天之后了。

我大病了一场，在家休息了一个多月。等我再出现的时候，人们说我像变了一个人。我不知道自己是否变了，但我承认，这一个多月的时间，我重新审视了自己。

我从小渴望成为英雄，并且有一段时间几乎以为自己是个英雄。但是，阿尼玛卿山就像一面镜子，给了我残酷也给了我安慰。残酷的一面，她让我知道：之前所有强大的光环都是假象，我只是个普通人；而安慰在于，神山在我处于绝境的时候，给了我这个普通人活下去的养分。

我放下了那些臭架子、臭脾气，变得随和了、宽容了。但我想那些都是表面，真正的改变在于内心。阿尼玛卿山让我看见自己之后，仿佛给我打开了一扇通往另一个空间的大门。我开始想去了解一些有关宗教方面的书籍（作为一个藏族人，我们生下来就是藏传佛教徒，但是并不意味着我们了解自己的宗教），开始想更深地了解阿尼玛卿山，并且彻底迷上了转山。在这个过程中，我越是深入了解，越是热爱自己家乡的神山，热爱自己的信仰。

两年前，我们玛沁县为了推广旅游事业，设立了

“旅游局”这个政府部门，我自告奋勇地要求挑起这一副担子，如今我是这个局的“开山祖师”。自从担任旅游局局长以后，我变得能喝了。记忆中最多的一次喝了二十四瓶啤酒加半瓶白酒，为了谈成一个合作。我记不清楚有多少次这样的饭局，也记不清楚有多少次我在讲醉话的时候提到阿尼玛卿山。

8 月 30 日早晨八点十分，志愿者们吃完早餐后正在整理装备，索南已经率先踏上一天的行走之路。身材高大魁梧的他，穿一套半旧的冲锋衣，戴一顶转山者最常见的遮阳帽。他眼神灼热，皮肤黝黑，除此之外，几乎看不出他是个藏族人。

作为玛沁县政府方面的协作人员，索南在这次行走中主要的工作是协调行走团队与藏地住民之间的关系。可以说，他是行走团队中唯一一个会讲汉语的“藏族通”。

在前几天的行走中，几乎看不到索南的身影。他喜欢一个人行走，并且经常消失一段时间，然后突然出现。在行走的团队里面，他像个神秘的独行侠。这一天，独行侠的身后跟着两名女生，其中一位是摄影师。索南发现她们之后开始聊起来，他的声音洪亮，尾音很重，每句话后面都像带有感叹号。

从我随口一句“你们所能看到的草，全都是药材”开始，两个姑娘就没停止对我发问。不好意思，我没忍住，又向她们滔滔不绝了。但这次不同的是，这两个姑娘对阿尼玛卿山的好奇心，比我想象的还要强烈。我很高兴有人对阿尼玛卿山如此好奇，据我所知，有很多爱最初都来自好奇心。

我告诉她们，阿尼玛卿山看似贫瘠，其实漫山遍野都是宝。我给她们一一讲解山上生长的雪莲花、冬虫夏草、贝母、大黄、当归、沙柳、红景天等上百种高原植物与药材。她们听到雪莲的名字，眼睛一亮，问我哪里能摘到雪莲。我说前两天我摘过一朵雪莲。她们睁大眼睛说她们怎么没有见到。我说雪莲生长在雪线之处，很少有人会去那里。

我说的"雪线"，是指雪山常年积雪的下界，海拔基本都在五千一百米以上，再往高处去，都是常年积雪的雪山了。她们说很多汉地人不能理解，为什么雪山终年积雪不化？我说这是我们独特的气候条件形成的，原因是每年的降雪量大于消融量，降雪逐年加积，形成了常年积雪，其中也有我们常说的冰川。

传说藏族人上神山采药前必须祈祷、煨桑，有些攀登者头一天晚上还要磕头朝拜神山。

两个姑娘想让我带她们去看雪线，我说出于安全考虑，我们很少带转山的人靠近它，因为担心冰川雪崩。但是我可以远远地指给她们看。于是我带着她们翻过一座山，来到靠近雪线的地方，还告诉她们，走雪线可以抄近道，有时候还会见到雪豹、黄羊、雪鸡等野生动物。如果你看到一个人明明在队伍后面，突然就走到你前面去了，千万不要以为他是神仙。

阿尼玛卿山区冰川纵横，大小冰川四十余条，面积约一百五十平方公里，冰川融水分别汇入黄河支流切木曲等水系。冰川融水形成了黄河有效的水源补充——在高温少雨的干旱年，冰川消融增加，储存于冰川上的大量冰融化补给黄河，使黄河的水量有所增加；相反，在多雨低温的丰水年，又有大量的降水被储存于冰川。

我们在翻山的时候，看见漫山遍野放养的牦牛。她们问我，有一只牦牛嘴里嚼的是什么，我说是冬虫夏草。看着她们睁大的眼睛，我在心里笑了。其实我没有看清楚牦牛吃的是什么，但有时候运气好的话，牦牛的确可以吃到虫草。我告诉她们，转山的第三至第四天，我们所经过的区域是虫草的主产区，所以那几天你能看到有简易公路。那一带的牦牛，因为吃多了虫草，很可能会变成神牛。讲完这句话，我先笑了。我们藏族人和牦牛的感情很深。牦牛在藏语里叫“闹尔”，就是“宝”的意思。牦牛全身是宝，藏族人的衣食住行一刻都离不开它。她们问我，牧民这么爱牦牛，为什么牛死了还舍得吃它的肉？这个问题让我有点难以回答。我想了一下说，这是千百年以来的习俗，也许这是上天给我们的馈赠。

我还忍不住告诉她们，阿尼玛卿山的岩石底下，藏着数之不尽的珍贵石矿。或者说，阿尼玛卿雪山本身就是一个巨大的矿体。几年前曾有一处山体冰崩，暴露出来了很多矿石，其中含有铜、金、钴、镍等二十七种矿。这也不奇怪，但凡神山圣水，都会蕴藏丰富的矿产和宝藏。

她们感叹地问我，如此富饶的山脉，为何表面荒芜贫瘠？我问她们有没有听过一句话“天地有大美而不言”。我说到这里时，两个姑娘都笑了。

2009 年 7 月，玛沁县下大武乡附近曾发生过一次大型冰崩。冰崩形成的冰碛物长 2.2 公里，宽 1.5 公里，形成一条黑色的冰碛带，含有丰富的煤、铁、铜等矿产资源。

翻上一个垭口之后，我说休息一下吧！她们问我是第几次转山了。我说记不清楚了，反正很多次！她们问我现在转山还会累吗？我说，说不累是骗人的，但转山的过程真的很美！也很享受。她们问我美在哪里，我给她们讲了一个故事：

有师徒两位僧人，从很远的地方去神山朝圣。他们一路上边乞食边赶路，日夜兼程，不敢稍有停息。因为在行前，他们发了誓愿，要在佛诞日那天赶到圣地。但在穿越一片沙漠时，年轻的弟子病倒了。这时离佛诞日已经很近，弟子一边流泪一边央求师父："师父啊，请您独自走吧，弟子罪孽深重，无法完成向佛陀发下的誓愿了……"师父背着弟子，边艰难地向前行走边说："徒儿啊，我们既然已经上路，已经在走，神山就在心中，佛陀就在眼前了。佛绝不会责怪虔诚的人，让我们能走多远走多远吧……"

神山的美在于用心去走的过程中所感受到的一切。走得快与慢，是否能走完，在我看来，都不是最重要的。如果过于执着那些，反倒成了功利心。她们问我，怎都说阿尼玛卿是神山，你觉得"神"在哪里呢？这个问题又问倒我了！

我在思索，在我这个藏族人心目中，阿尼玛卿山是一座怎样的神山呢？神在她独特的自然资源优势吗？著名的度母神泉、卓玛神泉以及满山的药材，的确有神奇的疗效。神在它奇异的景观特质，还是神在藏民族口耳相传的神话体系？但这些都不是我想说的，在我心中，阿尼玛卿山是一个落入尘世的神。

如果你问我，阿尼玛卿山是我们心中的菩萨吗？我会告诉你，菩萨很抽象，但阿尼玛卿山很真切。当我们饥饿的时候，困顿的时候，无助的时侯，阿尼玛卿山总会用她的方法哺育着我们，给我们生机和希望。她更像是一个守护神，庇护着我们的一切。千百年来都是这样。

下午三点钟的天空，乌云将最后一丝阳光挤走，一阵斜飘的细雨扑面而来，阿尼玛卿山像一幅刚刚调匀的水墨画。索南带着两个女生追赶大部队时，经过一个山坡。偌大一片野地上，散落着黄羊和牦牛的骨骸。

我问她们害怕吗？两个姑娘摇摇头。说真的，走到现在，我很佩服她们的胆量和毅力。我甚至开始对她们感到好奇了。

我问她们为什么要来山里行走，她们告诉我是因为工作。我问，除了工作之外，有心灵上的收获吗？她们说，这要等回去之后才知道。这时候我很想问她们一个问题，也是一直让我困惑的：怎么才能让更多的人爱上神山？怎么才能把神山推广到让全世界都知道？这毕竟是我投注后半生精力要做的事业啊。

一个姑娘慢悠悠地对我说："你刚才不是说，能走多远就走多远吗？既然已经在路上，神山就在心中，

藏学家格勒博士在其著作《藏北牧民》一书中撰文称：青海、西藏民间信仰的崇拜中以神山最为突出。神山在牧民的思想意识中有着非常重要、神圣的位置。它是牧民们现世护佑之神，俗称"域拉"，意为土地神。

佛陀就在眼前了。”

她的这句话，像棒喝一样敲醒了我的功利心。虽然那是一个热爱家乡的人，渴望传播自己家乡之美的功利心。

我试想了一下，如果放下一切的功利心，认真去做一件事的时候，内心的感受是怎样的。我发现，心里涌上的是：喜悦和无畏。

那一刻我明白了一个平凡的人如何让内心变得博大。就像我们在转山的路上，除了用心感受之外，别无他求。

我非常感谢这两个姑娘。我指着地上牦牛的骨骸问她们：“你们真的不怕？”

“不怕。因为它们曾经被神山馈赠过，如同我们的今天一样。”

听到这里，我背过身去。一个平凡人尤其要藏好他的眼泪。

摄影师手记：
8 月 31 日，晴转阴、大雨、冰雹、雪，C7 营地—冰崩区—C8 营地—格日寺—下大武，徒步四十五公里，海拔四千一百米。清晨日出时的雪山宁静而瑰丽，像一座洁白的玉琼水晶宫殿。她并没有给我们暗示，这将是经历磨难的一天。

——尹超

听，雪山融化的声音

张明：男，24岁，河北保定雄县人，2012年“行走的力量”志愿者、支教老师。

我能听见心融化的声音。

如果你离我五米以上远，我就听不见你在说什么。我不介意你问，有关我耳朵听不见的事。我小时候生病打了一种叫作链霉素的东西，之后就这样了。左耳听力为零，右耳一半听力。其实还好了，听不到的时候就看口型，上学时我经常看口型“听”课。

你问我这是我的隐痛吗。我说左耳恶魔，右耳天使，哈哈。小时候是有自卑的，但幸运的是，我总能碰上好人。

我生命中遇到的最大的好人是我的家人。我因为听不清楚，所以发音总是含混不清。家人从没有放弃，直到今天都在帮我练习，虽然我到现在“4”和“10”还是分不清。在县一小上学的时候，我成绩很差，几乎全部科目倒数第一，学校开除了我。家人四处托人，让我去了村里的小学。第二年，我考了全班第一。

初中的时候遇到一个老师，她是个好人。安排我在第一排桌听课，这样读了两年。第三年我要去第二排桌，老师还不让去，我跟她解释说，我要试着去适应第二排桌，万一不是所有的老师都这样照顾我呢？后来高中果真碰到了不那么照顾我的老师。高中分科之后的班主任，坚持让我坐在后排。跟他沟通了半年，仍然不同意给我换位子。开始挺恨他的，后来想想，人家不照顾你，是人家的事。

但是课业慢慢地落下了，考大学前夕，压力很大。有一次听一首伤感的歌，忽然觉得坚持不下去了，想去死。那次妈妈搂着我哭了，爸爸拿刀架在自己脖子上，逼着我说好好活着。一个同学帮了我，和我在家后面大清河的堤坝上散步。从那以后，心情不好的时候我都会去河边上坐着，望着远处河水里的倒影，心会慢慢地平静下来。

我考上了大学。但是因为耳朵的问题，常给他人带来不便。很多人会无意间冒出来一句话："跟你聊天真费劲！"小时候心很弱，听到这种话，只能自己给自己舔伤口。后来心慢慢强大些了，觉得他们都不了解。他们不了解什么呢？就是我是怎样一点点走过来的，我能这么说话，能这样交流，已经是通过很大努力的。

再后来我碰到了一个好人，是坤哥。以我这样的情况，没想到能参加这次活动。但是给我面试的陈坤大哥，还有工作人员，他们让我来了。我能走在阿尼

玛卿转山的路上，还能参加支教，是我的幸运，真的。

8月31日，清晨七点半。太阳还没从山后跳出来，但已有一缕晨光把对面的雪山尖头染成金色。张明从一顶沾满霜露的帐篷里钻出来。他个子不高，眼神温和，很喜欢笑。

“鞋子被打湿了。昨天我最后一个进帐篷，可能没有把门帘拉好。没关系，等太阳出来就晒干了。”他脸上没有沮丧，乐呵呵的。拿起牙刷和昨晚吃过饭没有洗的饭盆，朝着河边走去。“水很凉。要不要刷牙呢。”他犹豫一下，捧起一把水扑到脸上。“噢噢噢——哈哈！”他发出孩子一样的笑声。

洗漱完毕，把饭盆洗干净，张明没有马上回到营地，而是在河边找了一块石头坐下。这时候，大部分人还没起床，河边很安静。

那是雪山，你看，就是对面那些终年积雪不化的山峰。来之前，我还在想，见到雪山会有什么反应。说实话，我好像没什么反应，就是山在那里，好美。从没想过这辈子能见到雪山，没那么多期待，反而就很平静，哈哈。越到后面心里越平静。

雪山与普通山相比，我觉得雪山更纯洁。记得第一次见到雪山是去C1营地的路上，在车上我问郑迪，你说那是雪山吗？她说是。那时候，雪山在阳光下是

在十世班禅却吉坚赞著的《阿尼玛卿山神祭文》中是这样描写阿尼玛卿及其家族的形象的：“当信民们点燃桑烟，摆上丰富的五色供品，虔诚地念诵祈祷祭文时，只见雪山上空祥云霭霭，彩虹犹如宫门悬空，白云彩霞中以阿尼玛卿山神为主的神族列队出宫。玛卿山神头戴革制缨盔，身挂犀牛皮铠甲，外罩银白色法衣，右手执系援旗的倚天长矛，左手握一甘露瓶于胸前。在金灿灿阳光的照耀下显得威光赫奕。他坐于一匹备有黄金鞍鞯，配上珍珠镶嵌的鞅，戴有嵌着碧玉辔头的玉龙宝驹上。前方是山神的明妃贡曼娜热，为藏族聚居区十二女神之一，骑于一只金黄色牝鹿上，手执长寿瓶和护身宝镜，似一位美丽非凡的仙女。右边其兄念青唐古拉山神坐于一条玉龙上，手擎长矛、飞幡。左边是甘南藏族聚居区的增钦党冲山神，坐于一只大鹏鸟上，手持天雷弓箭。后边是玉钦拉德山神骑着一只猛虎，手持虎皮法幢。最前面是智钦东努山神，骑着一头野牛，手中高举天铁宝剑。玛卿山神和明妃生有九男九女，他们还有黄河族系的亲族三百六十位以及忠勇卫士和侍从一千五百多名。他们驻于玛卿雪山的玉琼水晶宫殿及周围的雪山上，共同震慑群魔，拯救卫护牧民，永保四方平安。”

有金边的，感觉好远好神圣，然后无限感慨，有种心灵被净化的感觉。

我没有真正走到有雪的地方，所以，雪山一直离我很远。对的，你要是觉得她很美，还是不要离她太近，不要去碰触她，否则你会发现山的那边会有你不想了解的事实。但是，也许有一天我会去靠近她的，到真正有雪的地方去感受一下。因为好多事情你要做了才知道是怎么回事，做了之后才觉得咱们好牛。比如这次的转山。

转山的路上，真的太感谢坤哥，让我们散队走。我特喜欢散队走的时候，那才是真的在自己的王国上行走。就是很多媒体下撤的那天，太阳很好，坤哥说散队走。一开始，我心里的目标是，怎么也要跟上坤哥的步伐。走着走着发现不对，应该按着自己的节奏走。后来慢慢就发现我旁边都没人了，我走了第一。那时候前面看不到人，后面看不到人。大山之间只有我自己，慢慢觉得这个世界上真的只有自己一个人。

没有觉得孤独。那时候会想过去的事情，有时候空着什么都不想。就是那天，我找到了行走的意义。以前看《正见》《西藏生死书》，里面写到，那是一种禅修，空。我喜欢那种感觉，但是它来的时候很少。

雪山日出难得一见，一般来说，转山者只有在七八月份的早晨才有缘一见。据说如果有幸目睹雪山日出，一生将平安顺利。

从河边回到营地，志愿者们已经在整理衣物，准备拔营。有些人坐在草地上等待日出。当万丈霞光从洁白无瑕的雪山中喷薄而出，整个雪山就成了金山。

大家脸上都洋溢着喜悦。这是今年转山最后一天长距离徒步，明天只要轻松走完几公里，就可以坐上回西宁的车。不远处的山崖边，陈坤正对着阳光，用手机录“行走的力量”视频。他回头对大家喊：“坚持走完最后一天，明天回西宁带大家吃好吃的！”对于在山里苦行了将近十天的志愿者来说，一想到很快就可以回到城市里洗澡，换上干净的衣服，吃一顿大餐，大家的神色都流露出掩饰不住的兴奋。

这一天基本是下坡路，加上晴空万里，很多人都放松了紧张的神经，把冲锋衣、羽绒服、防水袋等装备都塞进麻袋里，交给牦牛队，准备轻装上阵。

张明还是决定带着冲锋衣，背包里还塞着羽绒服、冲锋裤、雨衣，并且将保温瓶装满热水。他从成长中获得的经验是，要比别人作出更多的准备，尽管这些准备大多数时候都是白做。

上午九点，志愿者们排好队伍开始起程，与此同时，太阳也以它的方式在行走。随着时间的流逝，阳光逐渐被乌云遮住。中午十二点半，准备渡过最后一条河的时候，天已经开始阴沉。陈坤赶了过来，因为担心下雨，对工作人员发号施令：“所有救援团队的人，东申童画的男生，统统把鞋子脱掉，背着女生以及志愿者过河，要快！”

张明没有让人背，自己悄悄地脱下鞋子，卷起裤子，拄着登山杖下了水。

我记得那条河跟之前的都不一样，最后一天的河很宽，有六七米。我走得慢慢的，虽然河水很急，但我想多体会一下这冰水没过膝盖，石头硌脚的感觉，因为不知道下次什么时候才有这样蹚过河水的经历。我看到坤哥也背起一个女生，有一刻没有找好平衡，差点跌进水里，我猜他的脚会很疼。

过河之后，张明的裤子一直湿到膝盖以上。因为没有太阳，来不及晾干，只能匆匆擦了脚，套上袜子，踩上登山鞋。他发现，陈坤以及所有的男生工作人员，全都穿着湿透的裤子。这时气温已经降到5℃左右，领队蔡涛让大家把冲锋衣穿上。这时有些人才说，冲锋衣在牦牛身上。领队压住火，让大家协调背包里的装备。张明把随身背的羽绒服借给一名女生，陈坤也把包里的冲锋裤给了一名志愿者。为了缓和气氛，坤哥开着玩笑说:“没事，后面都是下坡路，大家滚也能滚到家。”

队伍继续往前走，大部队逐渐变成了小分队。自由马、蔡涛带着几个志愿者走在最前面，张明走在这支队伍的最后。慢慢地开始下雨了，领队蔡涛让大家把雨披都穿上。等穿好雨披，张明发现，自己与前面的队伍拉开了距离。这时候下起了冰雹。

因为路很不好走，后面看不见人，觉得有点危险，所以我不敢一个人慢慢地走，就尽力地往前赶。赶的

过程中发现今天的队员走得格外快，也许是心理作用吧。慢慢赶上后，就开始下冰雹了，我最喜欢下冰雹了：小时候经常去捡冰雹吃。我伸着舌头，仰着头，边走边接冰雹吃，这样就越走越嗨。但是走过一个坡，又过了一个坡，虽然是下坡路也觉得比上坡要难得多。领队经常鼓励队员说，快到了，过了那个坡就到营地了。但是谁信啊，大家都不信了。我当时走在张翕后面。后来不是起风了嘛，雨披又兜风，然后我想到个好办法，张翕那么高，我紧跟在他后面就好了。我就默默地跟着张翕一脚一脚地走。

这支十几个人的队伍，在冷雨冰雹中行走了将近四个小时，终于到了C8营地。尽管穿着雨衣，队员们还是全身湿透了。领队用对讲机与后面的工作人员沟通，确认是否原地扎营。考虑到夜里气温会降到零摄氏度以下，在这样恶劣的天气下扎营会很危险，团队临时调整计划，一鼓作气走完两天的路程，到达终点下大武乡政府。得知这个消息，所有志愿者都沉默了。

继续往前走的时候，我在想，怎么样才能给自己动力呢？我想起媒体下撤的前一天晚上，我高反了。开始的时候不想动，不想吃饭，但还是强迫自己吃了点儿。等大家都去帐篷里休息了，我找了块大石头坐上去，开始调节呼吸。为了调整心态，我给自己一句心理暗示：人生难得高反，应该开开心心。然后深呼吸。慢慢的，头疼不见了。我抬头，看到对面山上那轮明月，在漫天的星河里照着山下的小溪，山后还有匹白马，那是我记着的最美的景色。是高反带我看到这么美好的东西，所以我始终相信，困难是幸福的信号。

想到这里，我无意中一抬头，竟然看见一座寺庙，我们进山的时候，就是从那里出发，并且坤哥和上师他们诵经的时候，我还哭了。虽然听不到他们在唱什么，但我能感受到一种慈悲。即使周遭世界黑暗的时候，也能给人一丝安慰的慈悲心。我记得那座寺的名字叫格日寺。后面的路，我是抬头看着格日寺这么走的。虽然我们走的线路没有经过它，只是远远地望着那座寺庙，但是，在我最无助的时候，它给了我希望。

感觉像走了一个世纪之后，有人说到下大武了，我也没信，连头都没抬。最后走到下大武的时候不是有个坡吗，上那个坡的时候，我抬头发现，还真到了。我以为我会大哭，我以为我会大笑，但是都没有，很平静。走进招待所大门的时候，只是对着迎面来的摄像机微微一笑。后来我在电视里看到那个镜头，觉得那是我最帅的时候。那个笑最真，最有意义，那是现在想起来都会微笑的状态。

后来我才知道，坤哥走在最后面压阵。等他和大部队都回来的时候，我们在天香拉面馆正吃牛肉面呢。真好，到了下大武也看到了人间百态。

8 月 31 日十八点二十五分，“行走的力量”所有转山人员安全到达下大武乡，结束了为期九天的行走。

当最后一名队员陈坤迈进下大武乡招待所大门的时候，天上忽然降起了鹅毛大雪。

所谓的人间百态，是每个队员最后成功坚持行程以后的状态：有的人给最爱的人打电话瞬间崩溃；有的人伏在炉火边一动不动；有的人向天大吼；有的人只是微微一笑对自己说加油；更多的人忙于换下被雨水湿透的衣物。此刻的张明，只是小心翼翼地应付着交流，因为，路上他的助听器没电了，电池又放在了牦牛身上。当助听器没电了的时候，他说，自己的世界就暗了，没了安全感，希望全世界都离他远一些，不要碰触。

这就是我转山的故事。如果你问我收获了什么，我想说，没有收获算不算一种收获？因为让我说出一二三四五，我真的不会说。但我想最后留一点时间，说一说坤哥。

最后一天到达下大武乡时，我听别人说，坤哥把自己关在招待所的房间里，像病了一场。我不知道他当时在想什么，但我能感受到，整个转山的过程，他承担的太多了。

我不知道别人怎么看“行走的力量”这个活动，作为参与者，我想说，坤哥很真。我是从他的眼睛里感受到的。有一次他指着我对别人说：“我特喜欢这小孩，我们都不完美，但是都在努力帮助别人。”那一刻，他的眼睛里很真，很干净。但有时候我也不理解他的性情，觉得他是个奇葩。比如下撤前一天，到了营地，他跳舞，挥舞着旗子，跟我理解的明星不是一个样子。

有一天，（也许他都忘了）坤哥像个孩子一样跑过来问我："张明，你能听见雪山融化的声音吗？"我说，不能，真的不能。因为声音很小。但是，我能听到心融化的声音。

转山的路上，我的心真的被融化了。翻越两个垭口那天，不是有个经幡阵嘛，我和坤哥一起挂经幡。那天风很大，很冷。坤哥让志愿者们先走，只剩下几个人。后来坤哥问我，张明，写字了没？我说，没。坤哥问，你爸爸叫什么？我说叫张春生。他就替我写了："张春生全家，愿众生平安。"那一刻，我的心被感动得融化了。

我经常说，上天关上一扇门，会为你打开另一扇门。我对于上天给我的一切，知足了。

有一天夜里，我梦见了雪山。梦见自己把耳朵贴在圣洁的阿尼玛卿雪山上，听它融化的声音。我的心很静很静。那一刻，我明白了坤哥的意思，雪山就是我的心。

你猜，那细细的流水，经过很多磨难最终流入大海，它们更喜欢雪山之巅还是宽阔的大海呢？

摄影师手记：
8月31日，在阿尼玛卿山的最后一个早晨。陈坤与上师走在挂经幡的路上，他突然指着一块石头问我：你觉得，它有生命吗？

——吴齐力

转山的路上，我对石头发生了兴趣

陈　坤

转山的路上，我对石头发生了兴趣。我记得《西游记》里，孙猴子是从石头里蹦出来的；《红楼梦》原先叫《石头记》，有些石头道行很深。

我之所以这么讲，因为石头是有生命的。也许你用肉眼看不到，但是它在生长。假设有一架摄影机对着一块石头拍一千年，然后用快镜头播放，你可以看到一段极美的画面。当然，目前看起来，这是我的痴人说梦。但是不好说，也许这架摄影机就在天外对着我们。

有些事物的生命，是我们用肉眼看不到的，但是它存在，这就是我想说的。也许你会问，讲这些有意义吗？请你做点有意义的事。

谢谢你，我思考过这个问题：我们在“有意义”之外，能不能做些“没意义”的事？我认为可以。

阿尼玛卿山呈西北—东南走向，山势巍峨磅礴。周围有十三座山峰，最高的一座叫“玛沁保木拉”，山体由砂岩、石灰岩及花岗岩构成。传说山顶有一块刻着“六字真言”的石头，逐年增大。

下山的那天，上师告诉我，不远处的一座山峰是阿尼玛卿的心脏。我们攀登过去，每人捡了一块石头。上师说一定要随手拿，不必执着。我捡的石头有十几斤重。为此我花了很长时间整理背包，把它们背回去。哎！陈坤，这有意义吗？没有。但是我站在山顶上，对云微笑了一会儿。

有无数人问我，你做“行走的力量”有意义吗？告诉你：没有，但是老子喜欢。

如果我做的一切，你感觉改变不了什么，也帮不了你任何。那么，请把它看作是我对世界的一个微笑。

转着转着　就转动了现实的世界

2012年8月31日，二十名志愿者从阿尼玛卿山回到山下，回到西宁，然后，又各自去青海的各个乡村，开始了长达半年的支教生活。即使是很微小的行动，只要你去一步一步做了，其实你都可以改变现实的世界。现在，我们选择部分支教日记，分享他们的经验和感悟。

沈志威支教日记

沈志威，男，22 岁，山东人。
支教学校：青海省西宁市湟中县共和镇盘道小学

2012 年 9 月 17 日

说起来好像做梦一样。竟然会转过山，露过营，扎过帐篷，睡过睡袋，然后坐在简单到只有床、书桌和一个炉子的宿舍里，在台灯下写下这些事，有时连我自己都会恍惚，山区支教不过是那些天马行空的夜晚无数梦境中的一个。

昨天从共和上来，和车上的师傅聊天，师傅说，你们到这边来支教回去肯定就分配工作了吧？我说哪有，回去之后该找工作还是找工作。那也没有什么报酬之类？没有啊，就是单纯地过来支教而已。那你们就是过来锻炼一下吧？我想了想，好像也不是这个样子，我们不为回报不求报酬地过来支教，仅是过来锻炼一下吗？

每一个人都要有梦想，我也有。支教不过是我在追求梦想道路上的一个小小的里程碑，我只希望可以借助自己这份小小的力量，将爱心公益传递到更多人的心中。其实人就是如此，在我遇到困难、遇到问题的时候，很多很多本来毫不相干的人给予了我太大的帮助，就好像是一个火把，照亮了人生的路。我也期许着，自己可以做一个小小的火把，照亮这些孩子们的眼睛，看向广袤的世界和未来。

2012年9月21日

今天，有个孩子调皮，一条纪律讲过N遍还是充耳不闻。我把他叫出教室，想和他谈谈心，结果知道了他的母亲在年初的时候去世了。当提到他妈妈的时候，他瞬间眼泪就流了出来，哭得非常伤心……我当时一下子愣住了，突然不知道该怎么办，甚至说不出一句安慰的话。我总觉得，对于这些山里的孩子来讲，生活是不是来得有点太早了？

我想起了曾经看见过的一条微博：一个环卫老奶奶在夏日炎炎下骑着环卫车，后面的车斗里坐着她的孙女，孙女坐在车斗里写作业……那可是在火炉武汉啊！这是说起来就觉得辛酸的事，不管是什么时间，什么年纪，什么环境，生活给予我们的一切，都要面对和接受。但是这些阅历对于一个仅仅十岁的孩子来说，是不是早了点？

我对孩子说，当你想妈妈的时候，看看天上，找到最亮的那颗星星，妈妈并没有离开你，她每天都会看着你；如果有想对妈妈说的话，就写到纸上，系到风筝上放出去，这样她就会听见你想对她说的话。我不知道他信不信，但生活总需要一点自欺欺人的精神，我只能这样希望，希望着并且以为着。

我突然很想给我的爸爸妈妈打个电话，告诉他们我很爱他们，我希望回去看到他们时都是健健康康的。我拖着行李箱，站在门口，大声喊着“爸、妈，我回来了”，却发现他们笑容满面的脸上多了几条皱纹，记忆里高大的爸爸也没有那么高了……

我们总是忽略了许多许多来之不易的幸福，可以很大，也可以很小，甚至小到可以是吃到一个苹果。我们总以为幸福很高、很远，却没发现，幸福离我们永远只有一个转身的距离。只要转过身，就会发现，原来幸福一直在陪伴着我们。

我只希望，多年之后，如我期许。

2012年9月29日

不知不觉已经支教一个月了，从一开始的不知所措到现在的轻车熟路，好像经过了一个很长的过程，又好像转眼就从几个月前还在上班的我变成了现在的人民教师。孩子们已经成为我生活里重要的一部分，每天开始考虑怎样讲课，怎样要求孩子们养成良好的习惯，怎样让他们学习到知识，怎样让孩子们做一个品学兼优的人。

但是想象总和现实有一些差距。孩子们的基础差得超乎我想象，而那些在每个年代每个班级都有的调皮王也开始“崭露头角”，我突然觉得自己肩上的担子很沉重。我有时候会质疑自己，一个学期可以让他们养成良好的习惯吗？学会听课，学会动脑，学会记笔记，遵守校规校纪，上课不迟到，有事要向老师请假等在我看来都是最简单、最应该做到的事，等到学期末的时候，他们能做到多少？

教四年级数学已经有两个单元多一点了，包括除法和角的度量，而第一次月考成绩真的是惨不忍睹。有四个零分，及格人数只有全班人数的一半。我在想，是我讲的方法不对吗？还是讲得不太清楚？或者内容难度太大了？我开始注意上课时孩子们的注意力和动脑能力，结果发现孩子们的听课效果很差，老师课堂中反复强调的事情从来不记笔记，一堂课下来笔记本上空空如也，而且上课走神、不听讲的现象很普遍。

于是我开始写讲义，然后印发给他们，并要求他们全部背过，这是我能想出的解决问题的最好办法。但是有一节课我还是崩溃了，将两个算式合为一个综合算式的问题，第一节课刚刚讲过还发了讲义，步骤清清楚楚地写在纸上，第二节课又讲了一遍，然后做练习，不会，再讲再做，还是不会。按照讲义上的步骤对照来，还是不会……

我只有一个感觉，在我面前坐着的，还是一帮一窍未开的孩子，都不能称之为学生。我不知道他们能不能听懂，我对他们说，数学这门课，跟语文、英语都是不同的，它没有固定的答案，而我能教给你们的也不是哪一个题对应哪一个答案，而是一类问题的解决方法，我把方法教给你们，你们要自己用学到的方法去解决。就好像挖一个坑，我给你了铁锹，你却不会用，我也是无能为力。

转眼学期就过去四分之一了，时间很短，需要改变和提高的东西却很多。我想：下一步重点还是放在激励学生动脑、培养良好的听课习惯、学习认真仔细三个重点方面上。不然就是我讲过了，讲得很清楚很明白，但是到了他们那里就是左耳朵进右耳朵出，学习不扎实，四年级的学生都不知道什么是除数，什么是被除数……我想：首先应当在孩子们的脑子里建立数学系统，形成清晰的概念，而后才是拓展和提升。打基础吧，基础扎实，他们才会有更好的未来。

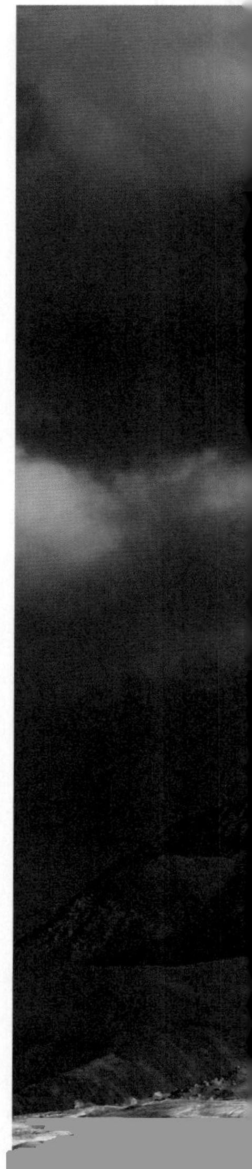

郑迪支教日记

郑迪，女，32岁，北京人。

支教学校：青海省西宁市湟中县共和镇盘道小学

2012年9月4日

他们的眼睛晶晶亮，闻起来像有阳光味道的小鸟，雀跃的和羞怯的参差，像开着不同花朵的原野。我看着他们想，童年的记忆，每一天每一刻都可能带一辈子。要多精心多审慎，才能放胆浇灌这些小花。

如果孩子们的作品真有生命，我会脱口而出的是："你们怎么这么美丽？！"禁不住哈哈笑着看着它们，欣见不同的神采。有的孩子懂稚简的布局，有的画出了温儒的气质，有的造型灵光闪闪，有的准确表达了创作时的情绪，有的有元素呼应的安排，有的会幽默地还原生活，有的精细入微，有的大刀阔斧，有的拘谨腼腆，有的洒脱荒诞……

怎么好呀？像美味依次入口，化在心里乐开了花。这初识的凝于微幅的礼物，是出于这些如小羊般乖巧可爱的娇儿娇女纯真的心！

在这安远素清之地，汇藏着好一穹令人欣喜动容的星空！

2012年9月5日

短短一天，我已经感觉得到孩子们对我们的依赖，他们的兴奋，频繁地靠近我们，当被他们围着久久不散……当我给别的班上课还被不断探望，当发现起初喧嚣的教室里他们的目光变得认真，当我看到那些美丽眼睛里幼小的期待和依赖，有些东西抓紧了我的心。

孩子们的情感放入得太快，被他们围住时，亦被心疼围住。难以描述他们像什么，温顺或调皮，年纪大小，逞强或示弱，都带着渴望被呵护的怯懦，他们像柔软到我不敢碰的新生儿，像太美丽珍稀的花草，我不断地反观自己，害怕无意的疏失会让他们清澈的眸子默默黯淡。这必须穿过的清莹繁绕的水晶森林，是否放轻赤足，用心水浇培一路，终会见到灿亮的圣域图景。

2012年9月6日

今天自习课前，一个一年级女生报告她自带的教科书被偷了，当我询问全班谁看见了她的书时，几个男孩子突然像押犯人一样地押着女孩子的同桌，一个穿红衣服的小男生，异口同声地告诉我："就是他偷的！"我赶忙让大家回座位，告诉他们没有证据不能说别人偷东西。然后我把这个事情告诉了学校的老教师来处理，老教师让全班每个人都把自己的书本拿出来，仍然没有找到女孩子丢的书，事情也就不了了之了。

下课后，学生们陆续离开教室，离校的准备排队回家，住校的准备拿着饭盒打晚饭。正要离开教室的我突然看见一个三年级的男孩气冲冲地冲进来，冲着刚才已经离开教室的一个男孩挥拳，被打的男孩正是丢书事件中被学生们怀疑的红衣服小男孩。

我赶忙挡在两人中间，我问挥拳的男孩发生了什么，那个三年级的小男孩用我听不懂的话愤怒地咒骂着，眼泪哗哗地流下来，他根本不看我，眼睛冒火地盯着“仇敌 ”，还试图越过我往前冲去打他。我边拦着他，边听围观的同学七嘴八舌地翻译，他们说刚才三年级的男孩蹲在楼道里，这个一年级的红衣男孩出教室就踢了这个三年级的男生一脚，三年级的男生也说很疼。我看这个急于“寻仇”的男生被笼罩在情绪里，只好转移他的注意力，告诉他老师的教具很多很沉，让他帮我一起拿回办公室，我拉着他到讲台前让他抱着一个大笔袋，拉着他离开一年级的教室，下了三层楼到办公室的时候，他的情绪已经好多了。

我告诉他，打人和骂人都是不对的，以后被打不要还手，因为还手了就两个人都不对了，要告诉老师，让老师来处理，他点点头。我问他回家还是住校，他说住校，我问他为什么没拿饭盒，他说他没有，因为爸爸说不用带。我才明白，这就是他昨晚起先不吃晚饭的原因，因为怕老师说他不带饭盒，后来老师给他碗他才吃饭。和他一样没带饭盒而不敢吃晚饭的孩子还有一个，我正好有三个饭盒，自己带了，支教发起方“东申童画”也发了，学校又给了一个，我就把富余的两个给了这两个孩子，其中一个孩子说明天回家就可以取了，吃完就把饭盒还给了我。

我在他们吃晚饭前，又找到了那个一年级的小男孩，我拉着他到学生少的地方问刚才怎么回事。他说是三年级的孩子先骂他的，说着也哭起来。我把打人不对的道理和被打怎样处理又告诉了他一遍，然后拉着他的手一直走到学生们站队集合回家的地方。那段路不近，他的小手热乎乎的。我不希望他体会到太强烈的抛弃感，他的今天有一些事情发生，我不希望在他小小的心里种下或者扩大对环境的恶感或仇恨。我告诉他学校是学习的地方，同学们都是他的朋友，等他长大了，会想念他们的。这两个打架的孩子都同意了明天跟对方握手，并互相说对不起。

我知道打架事件是丢书事件的连锁反应，是一个被集体孤立的孩子对周遭敌对情绪引起的行为，其实无论真相是什么，我担心这个总是处在骚动事件的中心且总是被同学排挤怪责的孩子。所谓童年阴影，都是如墨汁一样从一点一滴开始慢慢扩散弥漫的，我不知道他的童年水塘，以前和现在是什么样的生态。

强势与弱势是这样紧密地相生相伴吗?

还有一个小班长，当我昨天第一次上课时，他们班没有课堂纪律可言，乱作一团，孩子们随意说话。我不断地大声要求大家安静。这个小班长主动帮我维持秩序，他拿出一根长树枝，不时地敲打书桌，还站起来大声呵斥全班，有时他也跑来跑去地嬉戏，我总是需要好言相劝，告诉他坐下或回座位，谢谢他帮老师，也告诉他课堂秩序由老师来维持。

中午自由活动的时候，我找到了他，我告诉他我小时候也当过班长，我也拿教鞭维持秩序，甚至打同学时都把教鞭打折了；我告诉他我知道他是好心帮老师，但他这样对同学，同学们会觉得他有特权，也会觉得他好凶，这样他的朋友就会变少了。他说他没有朋友，他们都不把他当朋友，我告诉他原因就在这里。

这次中午的谈话后，这个小班长有时会跑到我们宿舍外对我笑一笑，有时我们吃饭，他也在窗户外面对我笑一下就跑走了，他还总问我下一节课给哪个班上。他和之前那个三年级被踢的孩子，都表现得比别的孩子更黏我，我也开始更多地在意孩子们的内心环境，有更多带着担心的心疼。但以上这些时候，以后的更多时候，我却不知道怎样处理一些事情，才是对孩子最好的。

虽然今晚很多工作注定熬夜，但还是挤时间记下这些，其实还有很多没有记下的感受和感动。我就像《雨果》里坏了的机器人，被命运的巧合维修，在一个时间点，被放入一个恢复运转的环境。自从这真实亦如梦的新生活开启，感受的潮水再次经我全身畅流，齿轮开始转了，机器人开始书写了。我不是经卢米埃尔手造的，但我的造物主造我又所为何事呢?怎样才能称职，在我脚下的路上?

Columbia

王秋菊支教日记

王秋菊，女，23岁，河南人。

支教学校：青海省西宁市湟中县共和镇共和小学

2012年9月4日

虽然之前也教过了不少学生，但是今天第一次以一个正式老师的身份出场，我还是有点忐忑。六（2）班的自习课，走进教室，这群腼腆的学生都用新奇的目光看着我。且不去揣度这目光中包含着什么，自我介绍之后，我站在教室的角落观察着这群孩子，不由得情由心生。曾几何时，我也是如此，扎两个羊角小辫，穿一双妈妈手工做的鞋，端坐在教室里认真写作业，偶尔也抽空跟同学讲个悄悄话。如今，角色转换得太快，我以教师的身份出现在当年的自己面前，要有多努力，才能不辜负当年的自己和现在的他们？

今天，因为课堂纪律的问题跟学生发脾气了，对着一个学生吼了起来。我看不见自己当时的表情，但我知道那一定不好。看着那个学生无措地站在那里，我开始有点自责，我自己也有错。尊师重教的传统使得我们常常忽略的一点就是，正因为老师在孩子生命中的重要性，老师其实也应该尊重学生，只有对个体生命的尊重，才有对个体生命的正确引导。明天，我会对这个学生道歉。以后，“大橘子”不能再这么冲动。

2012年9月25日

之前由于各种原因，八（4）班的信息课一直没有上，今天是第一次。上课前，已经有学生按捺不住内心的激动跑到办公室来问我上不上课，在得到肯定的答复之后，欢呼雀跃而去。计算机教室不算大，只能两个学生一台电脑，虽然由于各种原因电脑上没有装学习软件，但这丝毫不影响他们的热情。有个别的学生没有接触过电脑，所以只能从最简单的开关机教起，一点一点地教他们。看着他们因学会输入法切换时的激动，看着他们在文档里面输进自我介绍时自豪的表情，我真为他们骄傲。慢慢地来，一切都还不晚，有什么可怕?

一个月了，天气逐渐转冷，和学生之间的关系却日益“暖和”。

来学校之前，因为心里没底，所以看了很多关于支教的东西，也包括朋友的介绍，很多人都在阐述支教给孩子带来的伤害。虽然我相信，转过山的我们每一个人，既然来了，就会用尽全力，但总会有一个结埋在心底，这使得我一开始总是小心翼翼的，怕自己一个不经意就伤害了他们。现在，他们开始愿意和我一起交流，心里话和烦恼也都很信赖地讲给我听；我自知不是一个好的劝导者，但我愿意做一个好的倾听者和引导者，希望自己的到来，不会给他们带来困惑。

如果人生总要走一些未知的路，我愿意一直在路上。

Columbia

姜春叶支教日记

姜春叶，女，29岁，湖北人。
支教学校：青海省西宁市湟中县共和镇慈心山甲小学

2012年9月4日

我被分配到西宁市湟中县共和镇慈心山甲小学二年级，教孩子们语文课，同时也是他们的班主任。当车行至学校时，所有的老师和孩子列队夹道欢迎我们的到来，稚嫩的童声嘴里喊着“欢迎欢迎，热烈欢迎”，我的眼泪一下就出来了。真怕自己辜负他们的厚望，担不起这份重任。

9月3号下午刚到，收拾完分给我们志愿者四个女孩子的寝室之后，第二天我们就开始着手教学了。9月4号的一整天，犹如打仗般紧张，一天连着上了五节课。上课时，孩子们的注意力不是很集中，像麻雀开会似的闹喳喳的，一天下来，我嗓子都喊哑了。

我所在的班级总共有五十七名学生，其中二十二名女生。第一次上讲台我很紧张，其实孩子们比我更紧张，因为他们不知道他们的老师是什么样的，好不好相处。就像我们小时候，听到说要给我们分来新老师时，我们既紧张害怕，同时又很欢喜和期待。望着他们满是期待的眼神，我内心真是诚惶诚恐。

我和孩子们待在一起，感觉格外的亲近。不到半小时，所有的孩子都知道我叫什么名字了；而且意外的是连隔壁一年级的小同学也向教他们的支教老师问起我，说叶子老师怎么不来看他们呢？更意外的是下课我走在路上，有小同学向我行队礼问好，我一问人家小同学居然是幼儿园的，这个跨度实在有些大，我一时还没想明白他们消息传播的速度到底是有多快。上课时他们叫我叶子老师，下课时都叫我叶子姐姐，脆脆的童声很好听，虽然以我的年纪可以做他们的阿姨。两天相处下来，很愉快，小朋友们越来越听话，我想我会是一个很好的老师，同时也是他们很好的一个大朋友。

2012年9月5日

第一堂语文课，我给孩子们发了五十七张白色小纸片，让他们在上面写上自己的名字和梦想。大部分孩子的梦想都是长大后像我一样当一名老师，或者是当一名警察、一名医生，有的是想当一名工人，有的是想开火车，有的是想开飞机，有的是想当科学家，有的是想让家里人过上好日子，还有的孩子，他们的梦想居然是希望我这个老师能幸福，看得我热泪盈眶。

虽然孩子们的笔迹歪歪斜斜，也许他们现在还没有明白梦想是怎么一回事，但这并不妨碍这些孩子拥有美好天真的愿望，以及对美好生活的向往之情。这些小小的梦想，就像一粒微小的种子一样，在他们幼小的心里生根发芽，总有一天会茁壮成长至枝繁叶茂，总有一天会开花结果。我会好好保存着孩子们的这些梦想，希望有一天，待他们长大后，还能保持着这份对梦想最初的真实与坚持以及热爱，还能有机会回过头来看看他们曾经满怀希冀的梦想。

2012年9月30日

昨天早上，收到了坤哥“行走的力量”团队给我们支教老师寄过来的中秋月饼，每人一盒。看着包装精美的礼盒，我内心是五味杂陈。小时候家贫，所以家里从来没有出现过月饼。每次过中秋时看着别家的孩子们拿着月饼吃得风生水起、满口留香，而我们只能等到夜深人静、蛙鸣四起时，躺在竹床上抬头仰望星空，望着明黄的月亮想象着住在里面美丽的嫦娥，逼迫着自己不去想那诱人的月饼。

我想给孩子们过个中秋。我们班有五十七个孩子，一盒月饼明显不够分。趁着赶集的空当，我自己又出去买了一些月饼和糕点回来。每块小小的月饼被我用刀切成了四瓣，等我提到教室去的时候，整个班级的孩子都沸腾了；当我一块块地发到他们手中时，每个孩子都笑着跟我说“谢谢老师”。看着他们兴奋举起的双手，我心里似被某种东西塞得满满的。

我说这是老师把自己的一份送给你们吃了，虽然有点儿少，但这是老师的一份心意，结果马上就有孩子把分到自己手中的月饼递过来说：“老师，这块你吃吧！”一切都值了。我问他们月饼是什么味道呀，有的孩子回答说是甜的，有的孩子回答说是糖的，有的孩子回答说是感恩的味道，还有部分孩子回答说是老师的味道。当他们看到讲台上有空的塑料袋时，都争着吵着让我分给他们。我问为什么，他们说想装回家给爸爸妈妈吃，有的说想给弟弟妹妹吃，有的说想给哥哥姐姐吃，有的说想给爷爷奶奶吃。我的眼泪瞬间溢满眼眶，又被我狠狠逼迫回去，心中万般不忍。

9 月 30 日，正值中秋节，早上十点的时候我被校门外几个孩子稚嫩的声音吵醒，那时我正梦会周公。一声声的老师叫得我不得不起床，打开校门一看，原来是我们班南村的五个学生。我说今天学校放假你们怎么过来了，结果一个个仰着头说今天是来学校找我补习的。明明是怕我一个人在学校孤单，所以特地走了一个多小时的山路过来陪我一起过中秋的，他们还是那么小的孩子啊。

后来孩子团不断地壮大，到了晚上已变成九个人的一个大家庭了。我成了孩子王，陪他们一起玩，一起疯，一起看电影，一起聊天，然后一起做饭，还有的孩子和家长请我到他们家中做客，一起过中秋。迄今为止，这是我过得最有意义的一个中秋，我想此后多年我都会有一个温暖的中秋回忆了。

我们慢慢地长大，在一次次跌倒中成长，也在成长中犯错，犯错中惊醒！
别对自己失望，我们原本就应该是这样自然地生长。
也别高估自己，别催促自己，
我们总会在这样成长中的某一天觉醒！

冷琳支教日记

冷琳，女，23岁，天津人。
支教学校：青海省西宁市湟中县共和镇慈心山甲小学

2012年9月25日

几周的繁忙教学，我看到的不仅是自己授课技艺的增长，也有孩子们的进步。特别高兴的是，之前面对一群一年级新生束手无策的年轻老师已然可以震慑住他们，在慢慢改掉他们拖沓习惯的过程中，我们也悄然建立起了一种威信。

最初放动画片的时候，看到有意思的地方，他们会抬头先看我一眼，如果我的表情过于严肃，他们就小声地笑；我的表情要是放松，他们就敞开怀大声笑。现在的课堂已经完全由他们做主，本来看电影就是一场寓教于乐的活动，自然也轻松起来，还没上课的时候就会跑来找我询问下节课的内容。他们也如我曾经，期盼老师的笑容，期盼老师放映自己喜欢看的电影。

此时的孩子不再是见到你只会闪躲或低头溜走的陌生人，他们是一颗颗闪亮的星星，照亮了我们的生活。一次午后在室外长凳上晒太阳时，几个女生围坐在我身边，那一刻，我是一个邻家姐姐。她们说希望我下个学期仍做她们的班主任，带她们走出这个山村，去往外面的大城市。孩子们语文基础不好，写不出多么溢美的话语，听来却打动人心。我终于明白，为什么“他们”在若干年后回忆起这段时光仍充满感激。我们很难把自己的青春毫无保留地奉献给这些孩子，但是一段时间内我们是他们的眼，通往远方。

像郑迪说的：我忽然觉得大家此时的青春、理想、情感和希望的集合，所有人精神物质的集合，像一块紧密的压缩饼干，转山时最好吃的干粮。就算未来的岁月会把它打散，它仍然是我们这段岁月里最精简的食粮，最结实的能量，美味且值得回味。

2012年9月29日（国庆放假前一天）

把粉笔放在讲台上，讲完最后一道题，下课铃声响起，心里一阵释然，终于得以在计划的时间内完成授课。前天完成的数学单元测验，成绩并不理想，失落有那么一点。我并不期望他们把每道题都做得漂亮，但至少应该对得起“认真”二字，每天都在重复的公式，考试的时候还是会混淆；从第一周开始强调单位，却总是有孩子把面积的单位写成cm，这不是一遍遍地罚抄或者强行去背能解决的问题，心里一直很着急。

很多前辈一直在告诉我对孩子要有耐心，要更多地包容他们。我自己也在不断改进，但是面对一些调皮的学生还是很难忍住不发火。想和他们做朋友，想把他们的眼界带到千里以外的现代都市，可是日复一日的述说之后换来的仍是学生迷茫的眼神，会让你退缩，甚至怀疑唐突地介入他们的生活是否正确。

但是我记得我的快乐，第一次给三年级的孩子上音乐课，课上每个娃娃都在认真地记歌词，反复地跟唱，下课时纷纷涌出教室去玩耍，嘴上哼的却是刚刚教的那首小虎队的《爱》，幸福感油然而生。我也记得刚来学校时看到一张张灿烂的笑脸，是有多担心辜负他们的期望。

半年时间很短，但是真的很想留给孩子一些属于他们的别人拿不走的东西。很难说我们究竟能给孩子带来什么，但是我们在努力去做，一封封明信片给孩子带来的不仅是外面的世界，更是希望。

2012年10月4日

假期休息时间使我得以静下心来想想之前矛盾的事情。

不得不说的是教学观念的分歧。家长会时，家长们说着并不流利的普通话，流露出的却是对我们的信任，一个学生家长紧握易老师的手说："孩子就拜托你们了！"但其实我们并不是万能的，培养出一个好的学生远不是老师一个人的功劳，更需要家长的关怀。

一次在屋里修火炉的管道，听见屋外孩子一惊一乍地叫喊。我跑出去看，上了年纪的马老师拿着竹竿挥向孩子，我没有急于劝阻，问了旁边的学生才知是几个调皮的孩子在受罚，当听到响亮的一声打在孩子身上，连一个女生都被打得直哭时，我看不下去了。我们都有过这么一段年纪，懵懂不乖巧，似乎听不见教鞭的声响总不能老实坐好。但是我们并没有真正地被老师打过，最多是家长们在忍无可忍的情况下才会对我们动手。当真的看见被教鞭处罚的孩子时，我知道我的努力方向了，"无非被打"的思维模式已经扎根在他们的脑子里。

还有态度的转变。起初看到孩子们没有正确的学习、生活习惯，我们似乎觉得，在半年的时间里，与其教他们一本书的知识，不如授予他们受益一生的良好习惯。教书与育人是相辅相成的，如果可以的话不想丢弃任何一面。

转眼一个月过去，我们逐渐适应备课、批改作业的生活。记得他们的每一张笑脸，伴随着他们的长大，我们好像也回到了学生时代，年轻又有朝气。不去担心离开那一天到来时我们的伤感，现在能想到的就是离开这里时可以高喊一声：青春无悔！

转着转着　一个平凡人可以创造一首史诗

杜家毅，2011 年导演了电影《转山》。他说：转山，不过是一次旅行，是一次可以创造史诗的旅行。

转山是平凡人的史诗

杜家毅

每一次旅行都是转山

对我来说，转山是一次旅行。对藏族人来说，也是一次旅行，只不过他们旅行的目的就是“我要转山”；究其转山的原因，我也相信是没有理由的，你去问他们为什么要转山，他们会用宗教的语言去解释，但是我们也就此打一个问号，它就仅仅是这单一的解释吗？我觉得可能有更多人文性与自然性的原因在其中。

藏（zàng）族，我喜欢把它理解为藏（cáng），藏在高山里的，藏在人类极点的这么一个地方。它的所有物种都偏大，牛是牦牛，我也觉得牦牛有点像猛犸象，西藏现存的所有物种，或许都是平原层物种的祖先。这一点上，我们会对它产生一种向往，这是骨子里的东西。就像我们到了海洋，你就特别想往下潜，它是本能的。

转山的由来，究其根源，当属于人类早期的自然崇拜。在藏族先民的原始自然崇拜中，对山神的崇拜尤其突出，甚至可以说是藏族原始崇拜的基础。先民们认为藏族聚居区的任何一座山峰都有神灵居住。这些神灵主宰着人间疾苦乃至灵魂超度。藏族人对神威深信不疑，神山自然成为朝拜之地。

藏族人自古以来就有转山朝圣的习俗，在自然环境险绝艰苦的青海、西藏等地，转山尤其显得精诚执着。在青藏地区，转山是一件十分平常的事，男女老少大都有过转山的经历。有些人还在襁褓中，就已经在母亲的背上转过神山了。原因很简单，藏族人认为转山可以消灾免祸，求财祈福。

作为旁观者，可以从三种角度去看待西藏：一种是仰视，我仰视、敬畏西藏；一种是俯视，我要保护西藏不受环境污染和人为破坏；还有一种就是平视，我们现在最缺乏的是平视。我就是用平视的方式去拍的《转山》，我没有过多地去解释西藏，我解释的是张书豪。

当然，我们也可以把转山看作一种赴西藏旅行的代名词，你去大堡礁潜水，在根本上和转山没有区别。潜水和转山，在某种角度上看只是一个代名词。你去尼泊尔能转，在西藏也可以。汉人叫登高，我也爬过泰山，爬一半就累得不敢爬了。因为有了宗教的色彩，让转山看起来很神圣，但它们本质是一样的。面对自然环境的挑战，你依然可以向着自己内心的方向前进而不停止，不要管那个地方会给你什么。

我更愿意把转山划归为一次行走，它对我来说是动词。转山，你就走吧。就像 *On the road*，它是一本描写美国“垮掉的一代”的小说，可能代表着一种精神。作为语言来讲，它就是个动作状态，更简单了。就像拍摄《转山》，我也不知道它会有什么样的结果，我也不知道能不能完成，但恰恰是这样的一次与自然的碰撞、交汇，感受它给予你的启示……走在路上会让你的头脑和心灵被打开，就是这样。

我一直在关注“行走的力量”这个活动，我认为不一定真的去转山了才叫转山，陈坤作为发起人，他坚持的这个东西其实就叫“转山”。你的事业和生活中也都会遇到高峰和低谷，都会有无法逾越的山头，你既然坚持着做了，那你这个过程其实就已经是转山了。这是一个在生命中值得回忆的活动，它的影响力不需要立竿见影，就像任何一个伟大的艺术家、哲学家，他们所能给你的东西一定是五十年后甚至一百年以后，那时候我们再来看，他可以给你留下些什么。

为什么《转山》

在《梅兰芳》刚开机的时候，我的制片人工作也告一段落，于是我决定给自己放个假，去纽约过三十岁生日。回到国内不到一个月，张扬导演又找我说要去西藏，问我有没有兴趣，我说有，然后开着车就走了。一路领略完全不同的两个极点带来的碰撞。一个人在外面，其实很容易原形毕露，不用端着，也不用装，因为你到了一个语言环境陌生的地方，你需要鼓足勇气使出浑身解数，用各种语言去表达自己，包括肢体方面的各种方式，让别人明白你的意图。所有的东西都是新鲜的，它在碰撞你原有的认知。

你每天都在行走，只要你醒来下床，你就是在行走。可能你不太注重这样的行走。在电影《喜宴》里，郎雄每天早上要走路，就是行走。行走当中能感悟到什么，完全看个人，所以“行走”是一个动词，你每天都在往前走，地球也是在转动的，你不走，地球都在行走，它有它的年轮和岁月，这个东西是本质上就存在的。动物也一样，像非洲的水牛大迁徙，这种行走的力量是为了生命的繁殖，得到更好的水和草，更具备生命力。像苦行僧，喜欢用脚步去丈量自己的禅心，这种行走带有宗教意义。像旅行家，用自己的脚踏遍祖国和世界的每一寸土地。《阿甘正传》里，最开始阿甘想跑出去的时候，想法很简单：我想跑出这个镇，然后是我想跑出这个州，然后跑遍全美国……没想到最后一转身，背后有一帮追随者，他说："我累了。"

在旅途中遇到过的一些很奇特的事，我通常都愿意保留在内心里，藏在心里挺好。你的心里可以装下很多，世界会很宽广；表达出来，或许也会化成对世界的一个微笑，我选择用其他的方式来表达，比如拍电影。很多人跟我说，《转山》很难拍，你怎么拍这样一部电影？我就觉得，我去过那条线，没什么问题吧？高反，克服呗。就这样就拍了。

为什么要给电影取"转山"这个名字？并不是有特别大的宗教寓意在里面。我对宗教始终保持着一种很谦卑的心态，因为我不懂，我只愿意用生命去感受，它可能是一刹那的，无法用语言去勾勒的。或者说，真正在哪儿走并不重要，只要走出去。

包括《转山》，我想说的都在电影里，你所感受到的召唤、指引，都是共通的。《转山》最后出现的那对转山母女，连话都不说，也没什么解释的，就是修行。张书豪是因为哥哥的故去才千辛万苦到了那边，那种感觉是无声的，无法解释。其实没有什么族和族的不同，唯独有人和人的不同。

电影最后，李晓川给张书豪写信："我不想死。我热爱生命，所以必须走出去。"这句话是融合了我的感触的。电影有时候说出来的东西会对其他人造成影响，而对我的影响是"我做完了一件事"。这就是我的转山，是"电影人杜家毅"带着团队，用拍摄电影的过程去转山。这个是让我很开心的，有一种勇气，毕竟是去了世界海拔最高的地方，拍摄完成了一部电影。当然也会觉得自己好奔波，别人拍电影在城里就完成了，我却不断在用更刻苦的东西去表达自己。当然也会有一瞬间觉得自己很冤，太苦了，就是当我们物资缺乏的时候。但因为我热爱电影，所以无所谓。付出都是应该的，值得的。

行走是在电影世界里经常会讲到的一个主题，也是人们对人类美好生活的一种向往。而我个人，做服务员、调酒师、演员、导演、制片人……这也是我人生历程中的转山行走。

行走没有不同，但是，你走了吗

有的人转山是为了洗清罪孽，有的人转山是为了拍摄一部好看的电影，有些人转山是为了带领一群年轻人，走向更年轻的那一条路。更多的行走可能是漫无目的的，只要他是用生命在走，他走到哪儿，你都得尊重他。就像一场马拉松比赛，有人走在第一，有人走在最后。从外界观点，第一名走得快；而我的观点是，最后一名看得清。

人生就是这样，你非要以一百八十迈的速度出发，那你就一百八十迈到嘛。有人说我就五十迈走，路边风景看得很清楚，甚至可以停停车，感受一下。我觉得“走”很 high，很多东西都是走自己，比如说命运的“运”字，云在上面飘，人在下面走，这个字就很有意境了。托的是你那颗心，你的心就像那朵云，变幻无常。

有一次我碰到陈坤，他也会感叹做起来难度很大。但是，走起来就好。行走需要什么？行走只需要你的两只脚。如果你没有脚，轮椅也能走，没有特别大的区别，但是，你走了吗？

陈坤去做了这样一件事，走后总结整理，以及号召年轻人去支教的行为，都是他的发心。他发了这种愿，愿意走下去，我会为他鼓掌。但我也更愿意看到他在行走回来之后的表演状态，这会对他的表演事业有更大的帮助，他会越来越好。

行走是找自己

2007年从西藏回来那次，我发现自己不再惧怕什么了，可能是长大了，恐惧感少了。这种恐惧感可以简单地理解成不怕老鼠了，不怕高原反应了；很多人说在西藏不能洗澡，我也不怕了，我还就洗了澡了……这些都是你碰撞出来的。有的人可能会问，那你会惧怕死亡吗？我依然怕，与其怕，不如去承受。想到自身的老去、生死，爱人的背叛，亲人的离去……这些无法由人的意志去控制的事情是我们必然要承受的，来了就得接受，这是游戏规则。原来自己跟自己较劲，自己跟自己拧巴的时候，你的眼、耳、口、鼻，都在帮助你拧巴。我努力让它不影响我思考，纵使一些科技手段使你产生了不同的行为，但是你那颗心没有变。所以菩萨都是从发心开始，讲的是无论你用什么方法，你的心是不会变的。

拍《转山》是一个看自己的过程。比如说，你看到藏族女孩挺漂亮的，挺想跟她发生点什么，别去恐惧这种念头，别觉得“我都到了西藏这么纯净的地方了，还有这种龌龊的想法啊”，你要是真这么想，那我反而觉得你真挺龌龊的。人就是人，不要被所谓正与邪的概念自我左右。

那次在西藏，我和张扬路过珠穆朗玛峰一个叫定日的地方，海拔五千多米，我的头特别疼，就想赶紧找旅馆。远远地看到鼓出来的一个小山包，那个是旅馆，人家说方圆多少公里就这么一个旅馆。我们计划第二天奔珠峰大本营，就决定在那个旅馆歇一晚上。进去之后，我傻了：好多女孩在里面洗澡。人家告诉我，是当地的沐浴节来了，我才知道原来那个鼓包里是温泉。女孩看着我们都很坦然，“一块儿来啊”，哥们儿当时就㞞了，张扬导演穿着一条大花裤衩就跳进去了。

后来我就想，是什么让你退了？是你所谓的文明，所谓的廉耻、知羞……人类附加出来的控制你本能的东西阻碍了你。人家姑娘没有说什么，一块儿洗澡怎么了？尿脏吗？可能是你的思想脏。尿本身只是化学元素，医学里叫尿样，到了人体叫排泄物……越来越脏。你的概念不断地被这些东西积累起来，思想就变得不那么单纯。这就是我所谓的恐惧自己，你没有本能去给出反应，而是不断累加，然后产生了一个带有很多附加值的感受，这个感受是假的。

把不好当作幸福，好的就忘了吧

在拉萨的那几天里，我禁语了，由此而引发的一段经历特别触动我。我平时特能说，到了那儿就想赎赎嘴孽，不说话。有一天是佛祖诞辰，我去了大昭寺。

门口有一间油灯屋，是个地下室，进去以后会看到上万盏油灯。很多人没进去过，以为那是一个烟囱。其实那里面有很多添油的工人，二十四小时在那儿添灯油。那里的灯娘，脸红彤彤的，都是常年被灯火映着的，每个人都和蔼可亲地看着你。

我想要点灯，喇嘛不让点，我就跪下了，那喇嘛乐了，他给了我一个点火的东西，还有一个小桶。一个完全不认识的汉族小伙在里面点着五百盏供奉给佛祖的油灯。那一刻我觉得，宗教是说不清道不明的。它选择的那个人，也是偶然的。

从屋里出来以后恍如隔世，"哎？我刚才好像点了很多油灯"。有些东西不是那么复杂，你那一刻可能特别单纯。你想点，就倾尽全力去请求。是那些附加价值把你的行为弄大了，是所谓文明的脚步把你拦住了。点了五百盏油灯以后，拉萨在我心里的位置就不一样了。不是因为布达拉宫，只是那五百盏油灯而已。这个对我来说是很有意义的。

人没有什么值得留恋的，无论你多么伟大和渺小，站在那样的层面上看自己，你就是一粒沙，没什么可较劲的，做好自己想做的事情就行了。同时，也让自己学会接受一些好，也接受更多的不好；把不好当作幸福，好的就忘了吧。转山回来，我还是做我应该做的事情。保持自己是一个简单看得清楚的杜家毅。

"万物有灵""灵魂不灭"的观念，正是作为一种心灵寄托的宗教形式扎根于藏民族心中。

我的转山情结：一个平凡人的史诗

我们一路开着汽车，带着一种所谓先进文明的骄傲，觉得自己搞得定一切。从窗口不断飞逝的美景里，偶尔会有一些进入你的眼帘，你觉得新鲜，只不过是因为你没见过。在西藏的那段时间，我变得几乎像个当地人了。在快要离开的时候，看着那些云和被云遮蔽的山，像神话，像梦。

两个月的转山过程中，我感受到了生命的伟大和脆弱。伟大，是觉得那么恶劣的环境里蓬勃生长，“欲与天公试比高”的劲头；渺小的就是大自然的摧枯拉朽，到处都是腐烂的尸体，到处都是花开花败的迹象。人的伟大和脆弱是并存的。

那边的太阳升起和落下的时候，动作是那么干脆。太阳要升起，要落下。我信仰的是太阳在最高的时候也就是太阳落的时候，它刚升起，你感受不到它的温度，但它是最大的；到了顶天的时候，温度最高，太阳却最小，在那一刻往下降了。自然给了我很多启示，人生就是花开花败。我不是一个特别有感受的人，我只是觉得那段时间没白过。

在藏族地区，藏族人一般都认为神灵聚族而居，且多在高山之巅盘踞。所以藏族聚居区内的高山便成了神话中山神的住处。大山有大山神，小山有小山神。藏北牧区的一位老牧人说：山神之所以能受到人们的崇拜，是因为它能呼风唤雨，下雪和冰雹，能保佑我们平安健康，牲畜兴旺，也能降灾降难，危害我们。

从西藏回来的时候，有一段时间看城市里的车都觉得是怪物，是钢甲的虫子，不适应。人的反应会慢，别人跟我说话，我都要慢四拍才有反应。但“走出去”的魅力依然是很大的，在那个过程中最吸引我的，就是可以睁开眼睛看世界。睁开你的眼睛，除了肉眼，还有心里的那个眼睛。看到整个世界就知道，很多问题原来都一样，走出去会拉近彼此的距离，而不是推远了。

我觉得喜马拉雅山脉是人类的爸爸，而其中的珠穆朗玛峰是妈妈。我记得我在大本营那里打坐思考的时候，想起了《卧虎藏龙》里周润发说的话，“当我走到一个很深的境界的时候，我看到了一道光，我感到了一种寂灭的感觉”。这个时候我突然说了一句:“我靠，张扬，我他妈家里水费没付！”所以我真的觉得，人没那么神秘，也没有那么多复杂的思想，就只是为了本能而活着，需要好一点，更好一点。经济让世界变得那么世俗，你也逃不出这个轮回。接着世俗吧，不过是在世俗中做一份你该做的事而已。我不膜拜任何宗教，也不把任何神在我心中抹去，我只不过做我自己。

后来，可能是《转山》来了，常常有朋友跟我说，“你变了”，但我自己知道，我做人的基本态度是不变的：听从心的指引，而不是书的指引。可能我天性如此吧。我天生有反骨，带着比较叛逆的心态去做自己想做的。如果真要说改变，分量变重了，人胖了；经过一次团体作战之后，对人的看法不一样了。

从那以后，我也越来越多愿意跟别人说真话了，尽可能地愿意去跟人展示脆弱的自己。所以，转山对我来讲就是一个平凡人的史诗。在那个期间，你感恩的是“还好我拥有这一段经历”，老了以后是一段回忆。

在电影《转山》的最后，张书豪回到了台湾，生活也回到正轨。很多人觉得这不是传统励志片的拍法，传统的就是他可能变成一个特别虔诚的、有信仰的佛教徒之类的，事实上他没有，但同时每个观众都会相信这段经历在他生活里是抹不去的。有这样一段经历在生命里存留过，就已经足够了，该回归现实就回归现实。当有一张明信片来的时候，你会猛然记起，原来自己曾经有过这样一段经历；有人跟你提起来，你的心又跟着跑远了。那是一场梦。

故事。

后来，更噶亚丁在做梦的时候，经常梦见央金的脸上长出了一朵野玫瑰。他还梦见在八月将尽的那天上午，央金打开鸟笼，让那只黄鹂去寻找属于它的爱情。其后不久，那只雄黄鹂竟然从美玛措湖的岸边带来了一只雌黄鹂。它们相亲相爱，在央金的头发里筑巢做窝，繁衍后代。大柳树就这样成了毛卜拉草原上所有黄鹂的家。

因为我在这边走，
你在那边飞，
再也听不见我们的窃窃私语；
因为我在这里生活，
你在那里号叫，
拍打着你不安的半透明的羽翼。[①]

约瑟夫·布罗茨基（Joseph Brodsky）
《疲劳现在是更常造访的客人》

① 引自刘硕良主编、王希苏和常晖翻译的《从彼得堡到斯德哥尔摩》（漓江出版社 1991 年第一版），第 8 页。

你见过央金的翅膀吗

柴春芽

很久以前，阿妈桑吉常常提醒更噶亚丁，叫他在牧羊的时候千万不要靠近那棵柳树。

“那可不仅仅是一棵柳树，”阿妈桑吉说，“那是一个人，一个从雅拉神山的峰顶骑着一粒青稞来到草原的黑巫师。”

有关黑巫师的故事，更噶亚丁已经从不同人的嘴里听过无数回了。黑巫师喜欢穿着从魔鬼那儿借来的蛇皮大衣吓唬小孩，并把吓晕的小孩烧成灰烬，好用来为他的诅咒巫术增添魔力。

“他会把你的灵魂带到一头猪的脑子里去，然后再把猪的灵魂赶进你的身子里来。”阿妈桑吉每次在讲黑巫师的故事时，总会这样强调一句。

大慈大悲的观世音菩萨看到黑巫师作恶多端，就口吐神咒，神咒变成闪电，将黑巫师殛成一棵带伤疤的柳树。从远处看，那棵柳树确实很像一个披散着浓密而又纷乱的头发、身材干瘦而且伤痕累累的黑巫师。不要说人，连鸟都不敢靠近那棵柳树。许多人担心观世音菩萨的神咒一旦失效，黑巫师就会突然复活。为了防止黑巫师为害一方，印南寺的僧人应草原牧人的恳请，在柳树下举行了一场盛大的驱魔法会。

法会开始的上午，天空飘着丝丝细雨；而在法会结束的下午，草原上出现了彩虹。那是一个吉祥的日子。法会的效果立竿见影。不久，一对黄鹂就从远方飞来，在柳树的树冠里筑起了新巢。

“黄鹂做窝以后，不听话的央金天天爬到柳树上，说是要学着黄鹂的样子，飞到毛卜拉草原以外的世界去。”阿妈桑吉对更噶亚丁说。

多少年来，阿妈桑吉一直坚信，央金是变成一只黄鹂飞走的，而不是被人杀害的。

“她会飞回来的，”阿妈桑吉在想念央金的时候，习惯用这样的话来宽慰自己，“她总有长大的一天。人长大了才会恋家。”

在更噶亚丁的眼里，那棵柳树仅仅是一棵柳树，一棵遭过雷殛的柳树，它像个孤儿一样茕茕孑立在草原的中央。如果没有那棵柳树，毛卜拉草原就会平坦得像一面镜子，一面被石匠年年打磨的镜子，一年两次，也就是初春和秋末，一年当中开始刮大风的季节，从毛卜拉草原上凌空飞渡的天鹅，就会在这面镜子里看到它们优雅的身影。对于那些走遍世界的旅行者而言，要是用毛卜拉草原与雅拉神山之间的美玛措湖作为它们梳妆打扮的镜子，那就未免显得有些小家子气。美玛措湖太小了，只需花上不到半天的时间，就可以骑马绕湖一圈。每年八月，为了从不同角度观赏湖光山色，更噶亚丁都要骑着阿卡丹增送他的枣红马，环绕美玛措湖旅行一次。旅行是吐蕃特人的天性。

“等我长大了，我就要从毛卜拉草原出发，穿过羌塘荒漠，翻越喜马拉雅，一直走到印度去。我们的格桑仁波切就住在印度，”更噶亚丁一边吹着口哨，一边想，“我要见到他。我要告诉他有关毛卜拉草原上发生的一切。我还要说——作为一个秘密，也是为了遵照阿卡丹增的遗嘱，我只对他一个人说——我们毛卜拉草原上的央金长着一对看不见的翅膀。”

阿卡丹增是个虔诚的佛教徒，自从格桑喇嘛离开毛卜拉去了印度以后，他就遵从格桑喇嘛的教导，每隔三年就去朝拜一次雅拉神山和美玛措湖。以他目前一百零一岁的年龄推算，他已经绕着美玛措湖五体投地、一步一个等身长头走了二十九圈。他说，等两年后再去朝拜神山圣湖的时候，他就要让自己死在美玛措湖的岸边，因为三十圈是一个朝圣者生命的极限。更噶亚丁经常听见阿卡丹增说：

“格桑仁波切不在印度，他在我的心里。我每天都有很多疑问，关于生和死的疑问，关于欢乐与痛苦的疑问，关于爱和恨的疑问，格桑仁波切总会耐心地向我解释。这样过去了许多年，我终于没有疑问了。因此，我可以心安理得地死了。”

美玛措湖的岸边秃鹫很多。要是阿卡丹增死了，秃鹫能把他的尸体撕成碎片，带到天空中去。

“我的灵魂喜欢虚空。”阿卡丹增经常这么说。

更噶亚丁觉得美玛措湖还是太小了。

“天鹅肯定不会喜欢美玛措湖。”更噶亚丁在马背上一边说话，一边拉低了毡帽的帽檐，以遮挡午后刺目的阳光。

“你说得对，孩子。”阿卡丹增抖动着他的白胡子说，“它们喜欢毛卜拉大草原。”

从阿卡丹增说话的语气里，你能想象出毛卜拉草原有多么辽阔吗？哈哈，让我告诉你吧，一个骑马的人追赶着太阳走上三四天都别想从草原的东边走到西边。那年，更噶亚丁跟着阿卡丹增去朝拜雅拉神山的时候，骑马走了整整一个礼拜——在此期间，他们的屁股一刻都没有离开过马鞍——才到达雅拉神山那片长满山毛榉和狼毒草的山麓。

“天鹅飞了那么远的路，它们总得把自己打扮打扮，要不然，我们这些在地面上的人看了会笑话它们的。”更噶亚丁在山坡上休息的时候对阿卡丹增说。

“那可不。”阿卡丹增漫不经心地说着话，同时把鼻孔凑到右手大拇指的指甲盖上，狠狠地吸了一下鼻烟。

“它们会不会像央金一样，收起翅膀降落在柳树上？”

“会的。”鼻烟刺激得阿卡丹增泪光闪闪，但他不忘回答更噶亚丁的提问，“不过，说不定央金会跟着天鹅一起飞走。”

“阿卡丹增，要是央金跟着天鹅飞走了，你会伤心吗？”

“不会的。她只跟天鹅在一起，才会幸福。我们应该感到高兴。”

那年夏天，阿卡丹增在朝拜神山圣湖的时候，沿着美玛措湖一步一个等身长头，走完了他生命中的第三十圈朝拜路线。

“三十可是个吉祥的数字啊。”阿卡丹增翻了个身，像往常晒太阳那样躺在沙砾上，乐呵呵地说，“我可不想再活了。”

说着，像是一阵睡意袭来，他平静地闭上了眼睛。

“守住我们的秘密，”阿卡丹增说，“它是世界上唯一的一把钥匙。”

“我能用这把钥匙打开什么呢？”更噶亚丁一边驱赶着从天空中不断扑来的秃鹫，一边问道。

“打开你的心灵……”

在阿卡丹增离开人世的日子里，不是由于没人再陪他放牧，也不是由于没人再带他去朝拜神山圣湖，而是由于独自拥有着一个秘密，更噶亚丁感到孤独无比。好多次，他都想把这个秘密告诉给阿妈桑吉，以便岩石般沉重的孤独不再只是压在他一个人的心里。可是每次话到嘴边，他又忍住了。他觉得这样的背叛会让阿卡丹增飘在虚空中的灵魂感到不安。按照吐蕃特人的习惯，打扰一个死去之人的灵魂，是一种罪过。

“也许在天鹅中间，有一只天鹅突然对飞行感到厌倦，它会像央金一样，永远留在树上。但它得小心，以防可恶的猎人扎巴多吉发现它以后，把它的翅膀摘去跟青稞喇嘛换神药。”

八月的一天中午，更噶亚丁躺在树荫里，嘴里咬着一根芨芨草，学着吸鼻烟的成年人那种深沉的样子给阿卡丹增飘在虚空中的灵魂讲述着他的白日梦。

青稞喇嘛居住在雅拉神山的洞窟里。他用草根和矿石做成一种据说能包治百病的神药。毛卜拉草原上的牧民一有头疼脑热，就找一对鸟的翅膀去青稞喇嘛那儿换神药吃。青稞喇嘛唯一的癖好就是收集各种鸟的翅膀——麻雀的翅膀、野鸽子的翅膀、乌鸦的翅膀、鹰的翅膀、秃鹫的翅膀……他已经修炼出一种神通——坐在一粒随手扬起的青稞上，但他仍不满足，他的梦想是能够像鸟一样飞遍世界。于是，他试着把每一种鸟的翅膀捆在背上，在积雪的山顶练习飞翔的技艺。每一次，他都从悬崖上摔落下来，弄得自己断胳膊瘸腿。后来，他得出结论：只有天鹅的翅膀，才能实现他的梦想。

到了九月，一场比往年提前的霜降，使柳树的叶子一夜变得金黄。更噶亚丁换上了羊皮袍子，但他仍像在八月的时候一样，躺在树荫里，做着没完没了的白日梦。常常，他把自己的白日梦讲给阿卡丹增飘在虚空中的灵魂听，不过有时候，他也讲给身边吃草的枣骝马听。不管他的声音有多小，他都知道，央金躲在树冠里把他的白日梦全都偷听去了。央金喜欢他那有关天鹅的白日梦。风把柳树上的第一片落叶吹走的那一天，更噶亚丁正在讲着他的白日梦，突然，一个苍老的声音从风中传来：

“我会给你送来一只天鹅。”

更噶亚丁觉得那苍老的声音无比熟悉。他叫了一声“阿卡丹增”，可是风停了，整个世界变得一片寂静。更噶亚丁重新躺在树下。就在那时，他看见一只孤单的天鹅像迷途了一般，在天空中盘旋。它一次次扑向毛卜拉草原，仿佛在寻找着一个合适的落脚点。最后，精疲力竭的天鹅终于降落在了柳树上。央金从树冠里钻出来，吐出胃里没有消化的食物，像哺育雏鸟一样，嘴对嘴喂给了天鹅。那只天鹅饿极了。更噶亚丁的腰里拴着装糌粑的布袋和盛酥油茶的皮囊，想要攀到树上给天鹅喂食。可是，天鹅一看到他就吓得拍翅欲飞。央金只好用双腿钩着树枝，倒挂下来，把更噶亚丁手里的糌粑叼在嘴里，然后再翻身而上，把嘴里的糌粑喂给天鹅。就这样，经过半天的时间，央金和天鹅变成了一对亲切的好姐妹。看着她和天鹅在树上嬉戏，更噶亚丁第一次羡慕起央金的生活来。以前，他总觉得央金在柳树上过着孤独而不幸的日子——她得忍受风霜雪雨；她得在一发现除了更噶亚丁以外有别的人靠近柳树时，迅速地钻进树冠里藏起来；她得在树叶落尽的季节躲在狭窄的树洞里，以免被冻死……自从有了那只天鹅，央金变得快乐起来，她整天唱着一首没有词儿的歌曲。更噶亚丁一听到央金的歌声，就会像个喝了青稞酒的醉汉一样，倒在地上呼呼大睡。他总是梦见自己的背上长出了一对天鹅的翅膀，在毛卜拉草原上自由地飞翔。

这样过了好几年，天鹅的行踪终于被猎人扎巴多吉发现了。他趁着央金还没有从夜晚的梦境里醒来，用绳子悄悄地捆住她，把她丢在树下，而他却躲在央金睡觉的树冠里，等待一只天鹅的到来。那只被更噶亚丁叫作“空行女神”的天鹅正是央金的好姐妹。每年，它跟随“人”字形的天鹅队从南方飞来，一到毛卜拉草原，就跟其他继续赶路的天鹅打个招呼，然后离开“人”字形的队伍，落在毛卜拉草原的柳树上，与央金一起待上好几天。等到柳树的叶子脱落到无法掩盖央金的身体时，那只天鹅就会飞离毛卜拉草原，形单影只地飞越喜马拉雅山，去印度次大陆的越冬地度过半年。在更噶亚丁的印象里，除了那只名叫“空行女神”的天鹅，央金在这个世界上不愿与任何人产生友谊。第一个发现她的阿卡丹增照顾了她好多年，也从未见过她有过什么感激的表示。

“看到她那副悲惨的样子，我都不敢相信那是人干的。”事隔多年，阿卡丹增回忆起发现央金的那个下午，依然会愤愤不平地说，“他们简直比狼还凶残。我们神圣的格桑仁波切要是听说了这件事情，一定会掉下眼泪。”

央金对所有的人都怀有深深的戒意。

“我是你弟弟。”更噶亚丁一看到央金的眼睛，就对她说，“我在摇篮里的时候听你唱过汉人的歌。”

央金是毛卜拉草原上第一个会唱汉人歌曲的孩子。阿妈桑吉在思念央金的时候，总是忘不了央金趴在牛毛绳编的摇篮边，给更噶亚丁唱歌的情景。自从解放军来到草原上，央金就整天跟着他们疯跑。解放军女战士不但教央金唱歌，还送她铅笔和本子，让她学着画画和写字。央金每次从解放军的兵营里回来，阿妈桑吉总会发现女儿的身上带着一股好闻的香皂味儿。

“你看她那干干净净的样子，简直不像是个牧羊人的孩子，”阿妈桑吉脸上洋溢着笑容，深陷在幸福的回忆里，一再这样说，“如果有一件崭新的羊皮袄，谁都会以为她是个贵族家的女儿。”

有一天，央金穿着一件崭新的羊皮袄一脚跨进她家的黑帐篷。阿妈桑吉惊讶地问道：

“哎呀，我的孩子，你是拉萨城里哪个贵族老爷家的千金？”

如今，更噶亚丁常常将阿妈桑吉讲给他的故事再讲给央金听，以图增进两个人的感情。央金非但不理睬更噶亚丁，还经常将嘴里嚼了一半的糌粑吐在更噶亚丁的脸上，仅仅是因为更噶亚丁恳求央金，让他看看她是怎样用那对看不见的翅膀从树上飞到地面又从地面飞到树上的。好几次，更噶亚丁心中燃起的怒火差点让他失去理智。他真想一把将央金拽下树来，以便仔仔细细地观赏一下她的飞行术。一个会飞行的人总是让更噶亚丁感到好奇。他听阿卡丹增讲过，印南寺的格桑仁波切能够骑着一面不断敲响的牛皮鼓飞行，鼓声的节奏决定着飞行的速度。

猎人扎巴多吉轻而易举地逮住了那只天鹅。央金在树下无声地哭泣着。她泪眼婆娑，祈求猎人扎巴多吉放掉天鹅。

“你这不知道从哪里来的丑八怪听着。”扎巴多吉说，“这一对天鹅的翅膀能从青稞喇嘛的手里换来很多神药。好多牧民会拿着金银珠宝来买神药。哈哈，我扎巴多吉终于要发财啦！”

央金跪在地上，向着猎人扎巴多吉连连磕头。猎人扎巴多吉的心肠硬得就像石头一样。他拧下天鹅的翅膀，骑马驰向远方。

更噶亚丁来送饭的时候，看见被捆缚的央金满脸泪痕，跪在天鹅的尸体旁边。整整一天，央金不吃不喝不言不语也不哭泣。她只是默默地凝视着天鹅的尸体。嗅到死尸气味的秃鹫布满了天空。它们一只只收起翅膀，俯冲而下。央金用她的双脚踢打着秃鹫。由于没有双臂来保持身体的平衡，她一次次摔倒在地。

“也许她那看不见的翅膀只能用来飞行。”更噶亚丁在远处看着央金与秃鹫的战争，对自己作出了这样的解释。

接下来的一个礼拜，央金一直守护着天鹅的尸体，没有飞回到柳树上去。她的身体变得非常虚弱。每天早晨，更噶亚丁走出帐篷的时候，都会带着糌粑和酥油茶。他赶着牦牛出发，大约需要一个钟头才能到达毛卜拉草原的中央。在这一个钟头的时间里，更噶亚丁骑着那匹枣骝马，跟着牦牛又瘦又长的影子，唱着歌儿，慢慢来到柳树下。他从马背上下来，解下马鞍上装糌粑的布袋和盛酥油茶的皮囊，准备给央金喂食。以前，更噶亚丁来给央金喂食的时候，会在树下喊一声“阿佳”。可能是央金在晚上离开柳树去什么地方玩的时候飞累了的缘故，更噶亚丁从未见过她在更早的时间醒来。只有当她听到更噶亚丁喊“阿佳”的声音，她才会打着哈欠从树冠里探出头来。她那牛毛毡一样的头发和树叶长在了一起。柳树不高，更噶亚丁只要用脚踩着马镫，直起身子，就能将酥油茶和糌粑送进央金的嘴里。亮晶晶的刀疤在她脸上像闪耀的火光。央金总是用一双歹毒的眼睛冷冷地打量着更噶亚丁。

“我是你弟弟。”更噶亚丁说。

他总觉得央金的记忆出了问题。按理说，像他这样每天都来看望她并给她带来食物的人，完全应该成为她最值得信任的人，何况，他还是她的弟弟。但是，从她那冷漠的眼神里，更噶亚丁感受不到一点亲切。每当这个时候，更噶亚丁就会觉得有一把伤心的刀子舔着他的心头肉。

“难受啊，”更噶亚丁在心里嘀咕说，“就是一头狼，养的时间长了都会有感情呢，何况还是人。”

如今，央金的天鹅一死，她的心变得更加冷漠，更噶亚丁在她的眼睛里看不到一丝热情。尤其让更噶亚丁感到生气的是，自从天鹅死后，央金就一直拒绝进食。她紧闭着嘴唇，对更噶亚丁送到嘴边的糌粑和酥油茶连看都不看一眼。

蚂蚁搬走了天鹅的最后一根羽毛。那天黄昏，更噶亚丁要赶着牦牛回家去了，但他不愿意离开柳树。他想在离柳树不远的地方看看央金怎样飞到柳树上去。打从记事起，更噶亚丁就从未见过央金飞翔的样子。

“阿佳，快飞到柳树上去吧，要不然，蚂蚁会吃了你的。”更噶亚丁喊道。

央金茫然的目光停在虚空，对更噶亚丁善意的提醒毫不在意。她似乎要像一棵飞燕草那样在地上扎下根来。等到星星挂满天空的时候，央金还是一动不动地待在原地。更噶亚丁走过去，把装糌粑的布袋和盛酥油茶的皮囊放在央金面前。

“阿佳，我想你是饿得没力气飞了。”更噶亚丁说。

那天晚上，由于担心蚂蚁会吃掉央金，更噶亚丁一夜都没有睡着。他抱着装有一只黄鹂的铁丝笼，在羊皮袍子里辗转反侧，惹得阿妈桑吉以为他得了什么病。那只黄鹂是他养了好几年的宠物。为了让更噶亚丁安然入睡，阿妈桑吉给他吃了一粒从猎人扎巴多吉手里买来的神药。天还没有大亮，更噶亚丁就穿好棉布袍子，随便洗了一把脸，抱着鸟笼匆匆忙忙地走出了帐篷。草原的风冷冷地吹着，风里有一股沙尘的味道。更噶亚丁禁不住打了个寒战。看来，黄金般的八月很快就会过去。阿妈桑吉在牛栏里正在给第二头母牛挤奶。奶桶里冒着新鲜牛奶从母牛体内带来的热气。更噶亚丁放下鸟笼，走进牛栏，双膝跪地，像只小牛犊一样把嘴伸到母牛的乳房下面。阿妈桑吉用手一挤，一股乳白色的牛奶射进更噶亚丁张开的嘴里。更噶亚丁咕嘟咕嘟地喝了几口牛奶，然后站起身来，用袖子抹去嘴边的奶渍，对阿妈桑吉说：

“我得去一趟大柳树那儿。”
“天还没亮呢。”阿妈桑吉说。
“我昨天把装糌粑的布袋和盛酥油茶的皮囊丢那儿了。”
“放心好啦，狼不会偷布袋和皮囊的。”
“我还是去拿吧，过路的人会捡走的。”

更噶亚丁一边撒着谎，一边给枣骝马备好鞍鞯。临上马的时候，他顺手捞起了那只鸟笼。

“你提着鸟笼干吗去？”阿妈桑吉好奇地问道。

“放生去，”更噶亚丁头也不回地说，“大柳树才是黄鹂的家。”

“是啊，大柳树才是黄鹂的家。”阿妈桑吉忧伤地说，“央金小时候总喜欢爬到柳树上去。我担心她睡着的时候会从树上掉下来，但她总是说：‘阿妈，你放心，我会睡在黄鹂的鸟窝里。’唉，大柳树上已经好多年没有黄鹂的窝了。”

太阳刚刚跃出地平线的时候，更噶亚丁就骑着马来到了毛卜拉草原的中央。由于一直提着鸟笼的缘故，他的整条胳膊都麻木了。在孤零零的柳树下面，更噶亚丁发现装糌粑的布袋和盛酥油茶的皮囊变得空空如也。他笑了。他用双脚踩在马镫上撑直身体，对着茂密的叶丛喊道：

“阿佳，你看我给你送什么来了。”

过了很久，央金才从树冠里探出头来。更噶亚丁晃晃了手里的鸟笼说：

“黄鹂，送给你的。”

央金的脸上掠过一丝不易察觉的惊喜。她犹豫着弯下身子，用双腿钩着一根树枝，伸长了脖子。更噶亚丁把鸟笼递了上去。央金像啄食的鸟一样，突然张开嘴，叼住鸟笼的提手，然后一个翻身，迅捷无比地回到了树顶。她把鸟笼挂在最高的树枝上，回过头来冲着更噶亚丁莞尔一笑。她脸上那纵横交错的刀疤就像道道闪电。可是，更噶亚丁觉得央金的笑容很美，也很动人。后来，更噶亚丁在做梦的时候，经常梦见央金的脸上长出了一朵野玫瑰。他还梦见在八月将尽的那天上午，央金打开鸟笼，让那只黄鹂去寻找属于它的爱情。其后不久，那只雄黄鹂竟然从美玛措湖的岸边带来了一只雌黄鹂。它们相亲相爱，在央金的头发里筑巢做窝，繁衍后代。大柳树就这样成了毛卜拉草原上所有黄鹂的家。

说地。

不论这个世界多么糟糕，
你自己的世界一定要精彩；
不论人心多么暗黑，
你的内心一定要明亮。
不要用糟糕去对付糟糕，
不要用黑暗去对付黑暗。

我们一起谈谈这个世界里女人的路　谈谈我们的路

黄爱东西　黄佟佟　蒋方舟
2013 年 1 月 11 日 / 下午 / 广州
记录 / 诗丽

蒋 方 舟：我最早看黄爱东西老师的文章，是在《希望》杂志，印象特别深刻。黄佟佟老师的新浪微博我会看，也会转她的一些文章；我觉得她很难得，特别细心，是特别有爱的女性视角，我还挺喜欢她的。

黄 佟 佟：谢谢，我还带了两本书给你啊。

黄爱东西：蒋方舟写专栏的时候我刚好在南方报系，所以我是知道的，我觉得这小朋友很好啊。好像比亦舒还早，我觉得这小妞还行啊，还写得挺好的。因为我们做媒体很关注有什么新人出来，基本上新专栏出来，我都会去关注一段时间的。

黄 佟 佟：我主要是因为你妈妈，跟你妈妈（尚爱兰）约稿。那时候网络文学的三驾马车：宁财神、李寻欢和你妈妈。第一届你妈妈得了一个奖，但是一直窝在襄樊。后来我发现她完全把精神放在蒋方舟身上，我最想解答的一个问题是：你最后变成了一个什么样的人，被你妈妈塑造成了一个什么样的人？

蒋 方 舟：你看我现在是什么样的人？

黄 佟 佟：好像比我想象中的要温和，和韩寒一样，其实比想象中温和得多。媒体上的蒋方舟比较另类，比较犀利。

黄爱东西：我一直认为蒋方舟就是一个好学生的模板，品学兼优。有趣的是我们三个人第一次见面，在这样一个西餐厅。如果费勇老师征求我的意见，我可能会建议让我们去广州的茶楼。食在广州。到了茶楼，你会领略到饮食的意味。

今年陈坤“行走的力量”去阿尼玛卿山转山，很多人觉得转山是很神圣的事。我却在想，在广州吃，其实就是在广州“转山”的过程，你能把广州的菜系什么东江菜、西江菜、粤东粤西南番顺的菜全部撸一遍的话，也是一个幸福的过程。这个过程是累积的，市井生活，像师奶，也包括有工作的妇女，一定要买半斤菜三两肉，每天干这种事，特别平和，那种长治久安的平和安静是所有的小食甜品炖品一起累积起来的，三餐一宿把这个基础给垒实了。后来我发现，如果你必须要煮三餐饭的时候，广州，在大的家庭里是有一个大妈的，一看你气色不好，得补补，是有食补的概念在里面，要能量非常足。我是那种你要我煮足三顿的话，不用三天我就崩溃了。肯定有一两顿我要偷懒的。

蒋方舟：你这个说得很有意思。所谓饮食男女。但是，为什么总是男人要求女人负责饮食。比如，很多女孩子谈恋爱，很多男孩子都会或明或暗地教育她们，应该学习做一手好菜，学习带孩子之类。一般社会流行的话语里，也总在暗示一个女人可以通过做一手好菜留住男人。在传统社会，做菜确实是一个女人最主要的日常美德。

黄佟佟：整个社会要求的，大概就是要求女人做一个贤妻良母，要会做菜，会做家务。我妈妈从小灌输我要做一个贤妻良母，一直让我相信，只要像她那样，家里家外一把手，谁也挑不出毛病来，就能一直幸福下去了。很长一段时间，我相信这个理念，并且真这样去做。

黄爱东西：这个东西，年龄层不一样就不同，其实是这样的，女性年轻的时候很想特立独行，或者是提前去过她们所说的这种安宁的生活；其实到我长大以后才发现，看似有选择，其实是把你搅糊涂了。人不可能设定我要特立独行或者我要安宁幸福。

黄 佟 佟：是啊，我从小就想当一个贤妻良母，生一个孩子，我从来都没想过要特立独行。

蒋 方 舟：这一点我要感谢我的妈妈。我妈特别害怕我对十字绣、做菜、织毛衣这些感兴趣。

黄 佟 佟：那你妈妈是一心要把你培养成一个知名的作家？

蒋 方 舟：那倒不是。因为她看到很多女孩子沉溺于那些东西，以贤妻良母为目标的不一定就成为一个很好的贤妻良母，所以她给我灌输的观点就是：做菜这个东西到了一定的阶段，为了不饿死，你是一定会的，不需要把它当作一生中一个特别重要的东西去修行。所以我从小就不太喜欢这些。但是我前年自己搬出来住以后，发现自己能做菜，味道也还不错。但也仅限于把自己喂饱就足够了。对于准备一个爱心便当，准备一个家宴，我就会崩溃了。

黄　佟　佟：我知道黄爱东西也是很年轻的时候就特立独行。我和你们不一样，我是很循规蹈矩的那种。因为我妈是按照那种贤妻良母的要求来教育我的，每天都给我灌输，男人在外面打拼，你应该把家里的一切搞好。我那时候是把家里搞得很干净的，我还自己做饭的，后来太忙了我就请保姆。

我觉得所有的事都是我的，你在外面把事情做好就行。这个家里我虽然没有在管，但是我保证这个家里的一切都很好的。我才二一四岁就请了保姆。全盘干活。但是我的工资越来越高，事情越来越多，慢慢地到了一定的阶段，我就发现原来你做一个贤妻良母并不会得到社会的认可。三十多岁以后，报社说，他们不需要三十多岁的女编辑。你就会发现，生活把你欺骗了。就是这样了，我发现你除了做一个忍气吞声的女编辑之外不能做别的，我会问，我做得那么好，我又挣钱又顾家，为什么要这么对我？

我那时候就整天想着多挣钱，就想着领导怎么不给我多派点题啊。所有鸡零狗碎的事我都做。我那时候的状态跟现在完全不同，我那时候是特别世俗的一个人，我三十岁以后就是被雷劈了。就是你遇到生活的改变，你就觉得你被生活欺骗了。

黄爱东西：你这是天问。这不是生活欺骗了你，生活本来就是这样，你读了一本不知道是什么样的书。

蒋　方　舟：我妈妈给了我独立思考的教育，也许，恰恰是这种教育，让我很早把她看作镜子。我很小的时候就在想，我不能成为我妈妈那样的人。因为我妈也写了一段时间专栏，但是她很快就写不出来了。我妈妈那会儿一旦写不出东西就会发脾气，然后我爸爸回来看见没做饭就会问：你为什么不做饭？所以我从小就觉得家是一个挂满隐形风铃的房子。我妈妈成了我的反面教材。我觉得她是犯了很多女性作家的毛病，就是看什么都是“女性视角”，只要脱离了自己的生活经历就写不出来。我很少用女性视角看事情，就是从她身上得到的教训。

我小的时候一直觉得跟我妈是同声同气的，但是到了我高三的时候我跟我妈大吵一架，我对她说，我觉得我永远得不到快乐，我到现在为止一直都不快乐，我觉得都是被你害的。

那个时候我已经开始感觉到所谓少年成名的一些负面影响，比如说你从小就觉得所有的人都是想从你身上得到一些什么东西，所以你没办法对别人敞开，或者说你没办法从别人身上获得单纯交际的快乐。所以那时候就特别痛苦。我举了一个跑步的例子，就是大家都还挺兴奋地在跑，想知道前面是什么的时候，我已经提前到了终点去把奖品看了，发现不过如此。

黄爱东西：偷看答案是很糟糕的。

蒋 方 舟：我那时候跟我妈妈大吵一架，我说你一直要求我要成功，要求我不能像你一样困在湖北这个小城市里面，你要把我托举出来，我那时候就连看一场电影都特别愧疚，觉得特别浪费时间。所以我就特别不快乐。现在，我和她都明白了，都解脱了。她也觉得你打算荒废也好，打算慢下来也行，还是快乐比较重要。当其他家长对自己的子女要求比较多，你要嫁一个什么样的人、你要找一份什么样的工作的时候，我妈跟我反而没有这方面的沟通困难，她觉得只要你自己高兴就好，只要你为自己的未来负责就行。

黄 佟 佟：你那时候写专栏是一个什么状态？是一边读书一边写吗？

蒋 方 舟：我从小学毕业一直写到初中，那时候我每天晚上回家八点多钟睡觉，早上四点多钟起床写专栏，写到七点。

黄 佟 佟：是谁要求你这样的？

蒋 方 舟：也没有谁要求，是我自己这样的。那时候老师经常抬举我，说一方面学习不错，一方面还能有自己的兴趣。但是老师越这样说，其他同学就越逆反。同学那时候隐约地觉得你跟他们是不一样的。小孩的心思特别奇怪，他们不会欺负弱小的，反而欺负不一样的，他们会去嘲笑一个跟大家不一样的人，你与众不同就会受到排挤。小的时候会更明显，因为大家都不会去掩饰本性。慢慢变得没有同学理你了，我就越发要找到成就感，得有快乐的来源，有存在感。

黄爱东西：你说的这种我大概有感觉。我小时候据说是挺缺心眼的，但是成绩挺好的，长得又不像本地人，个子很高，所以我的人缘也不是很好，包括我那时候去执信念书的时候也是。

我心理上的第一次远行，就是我十一岁去住校。当时我的同学都是爹妈拎着行李去的，我是自己准备的行李，自己坐公车去执信报到的。当时周围都是同学的家长在搞卫生，我就自己一个人把席子铺好在那里发傻，看着各路家长叔叔阿姨在跟老师寒暄，完全就傻掉了。因为我们家是部队下来的，所以也没有老人去管我。

我记得那时候有一个特别老成的女同学，跟各位同学说：你们要是来例假了，一定要告诉我。（哈哈）也是对大家很体贴的那种。我当时就想：难道大家都来例假了？很奇怪的。初中宿舍里每个人都有例假，就你没有。我才十一岁，然后就很尴尬。我记得还有一次，是初二的时候，我们在看《红楼梦》，又有一个年少老成的女同学说：袭人一门心思就是想着给他做侍妾！我怎么也没看明白。在很细微的细节里，你会觉得很难融入这个世界。

蒋方舟：其实观察周围婚姻里的男女，你会对于婚姻很怀疑，觉得没有什么是永恒的。很多女孩子谈恋爱之前，说一定不能做第三者。至少，初恋不能做第三者。但是，后来，她们中的许多人就做了第三者。我想起一个长辈跟我说的：每个人都有机会做第三者。

黄佟佟：其实我研究的结果是，封建社会或者说中国以前的社会为男性塑造了一个非常完善的系统，男人可以很舒服地生活在这个社会上，不受任何牵制。

黄爱东西：你不能这么说。我觉得是这样的，以前的某些家庭制度，它的建立其实有它的道理。为什么呢？你比如说，一个女的，十四岁、十六岁，娶进门来，她就是发妻。这其实就是保护发妻的利益，其实比现在一夫一妻制度稳固。这个游戏规则就是男主外女主内。婚姻制度其实就是个契约社会，这个契约就是：什么时候都不拆伙。

黄 佟 佟：但是一夫一妻不是更人性化吗？

黄爱东西：不是搞出来小三了吗？

黄 佟 佟：但是要是像以前的一夫多妻，本来我老公很爱我，跟我很恩爱，突然跑出一个女的，我老公要把她堂而皇之地娶进门，我还要跟她姐妹相称。

黄爱东西：可以不住在同一屋檐下的。

黄 佟 佟：但是从人性上来说，还是挺残忍的。我有一个朋友，她的外公娶了小二小三小四，她外婆都照顾得很好。但是她老年以后得了老年痴呆症，每天骂的都是她的老公，就是暴露了她内心的愤恨和不平。我觉得每个人都应该从人性的角度出发。

黄爱东西：我觉得这个外婆要是活在这种可以外出打工的社会，她早就走了，就不会窝到老年痴呆了。我觉得两个人结婚之前就要考虑一下，这个婚姻的根本是什么时候都不拆伙；如果没有办法，是不是要讨论在长时期婚姻里两个人的兼容度。那当然这种讨论就是男性跟女性一样强，半斤八两的。要是男生很强，娶了一个萝莉，当然就会告诉你，你就应该拖地，不许这样那样。还是要看你们是搭档关系还是依附关系。

黄　佟　佟：所以说，如果是搭档关系，就是一夫一妻好；如果是依附关系，就是一夫多妻好。

黄爱东西：女性天生在感情启动方面跟男性不一样。我想明白了一件事，从演化论上看，如果一个男的又帅又纯情，只要他爱上了一个女的，就不肯跟另一个女的滚床单，好了，在漫长的几万年里，他陆陆续续遇到了不稀罕他的女生，然后，他就没有然后了，因为他没有后代延续下来。因为如果他在求之不得辗转反侧的时候还能跟其他的女生滚床单的话，他这一路就容易了。不是说没有情圣，就是有，也挂了。女生为什么滥情的少呢？因为她滥交的代价太高。安全套、靠谱的避孕药才几百年，一个女的乱滚床单的代价是很高昂的，那这种基因就比较少了。所以说避孕药把女性解放出来了。还有一个就是，到了现在的一夫一妻制，基因竞争还是存在，为什么呢？就是现在这种架构来说，肯付出爱心、养育后代的男性基因类型更容易传下去，打一炮就跑了的很难。

黄　佟　佟：哈哈，这是新的基因竞争。

黄爱东西：我有过想请假的经验。比如说我在大学的时候看到某个男生很不错，就想着能不能先请个假，谈个一年的恋爱再回来。我恨不得去请个假。我没有爱到要私奔。

蒋　方　舟：关于婚姻，关于男女关系，我们一直在寻找答案。社会上有不少的课程，也有不少的畅销书，讲如何经营婚姻。但是婚姻也罢，男女的情感也罢，好像并没有比从前更好。我觉得，这些事情非常个人，只有你自己能够解决。其实，也许并没有解决的方法，只有你自己去面对。所以，我的感觉是，爱情啊婚姻啊，很难有一个答案。关键还是看自己这一生想要什么，想在一段关系里获得什么。

黄爱东西：确实，没有什么标准的答案。关系中的男女取决于相互的碰撞。就是碰到一个罩得住你的，你就小鸟依人；碰到一个要你罩得住的，你就很累了。

蒋 方 舟：我比较好的旅行经历好像都是自己一个人。是不是我害怕关系？因为在关系里，我们或多或少要迁就别人。

黄 佟 佟：但是我们总是在各种关系里。恋爱关系，有时候很奇怪，不过就是一件很小的事就让你陷进去了。我大学时男朋帮我挂蚊帐，我就有感觉了。按黄爱东西的说法，我这是找到了小鸟依人的感觉。

蒋 方 舟：我有一次问我一同性恋朋友她是攻还是受，她说她是遇攻则受，遇受则攻。我后来觉得其实男生和女生之间也是一样的。如果你遇到另一个不帮你挂蚊帐的，你可能会去照顾他，在照顾他的过程里找到满足。

黄爱东西：其实被需要的感觉也很好，有些人就是在被需要里面找存在感。我觉得两个人的感情在见面的三分钟里面就决定了。到最后我发现，你现在的男朋友有几种款，就代表在几万年前他就用这种方式泡的妞。我被人问过爱情这回事，我说其实每个人爱情启动的方式不一样，有的人爱情启动是一二级微风，他觉得爱情就是这样；有的人爱情启动是四五级风；有的人就是“哐”的一声，十二级台风，要生要死的那种。跟经验值完全没有关系。

黄 佟 佟：心理学上说，一见钟情就是疯子。

黄爱东西：一见钟情其实也分级别，跟台风级别一样。有的人一开始遇到的就是十二级台风，如果不能缓解过来，可能终生就那样了；有些人碰到的是轻程度的，就会觉得哪有那么严重。所以说我们谈的爱情，其实不是同一个爱情。

蒋　方　舟：我觉得可以找一个比较具有挑战性的旅行，比如说爬山，更容易引起一见钟情，因为这更容易把女性的性格，无论是优点还是缺点放大。

黄爱东西：所以这个特点被利用来做团队培训就很好了。

黄　佟　佟：我其实特别不喜欢旅行。我到了某一个地方，就想到一个好一点的酒店，躺着看会儿书，因为就想呼吸下新鲜空气。

蒋　方　舟：强烈推荐去登山，而且强烈推荐去乞力马扎罗山，特别好。因为登山团一般都很豪华，当地规定，起码要有一个厨子、一个向导、一个背夫。登山后给你的感觉很好，给你的兴奋感是加倍的，而且登山是会上瘾的。登完山以后你整个人生的感觉都不同，好像一年的鸡血都打够了，特别振奋。

黄　佟　佟：我爬白云山也是很有成就感的，因为平时运动量不大，每次爬到山顶都觉得征服了自己。可能是我自己事情太多了，完全无暇顾及。而且我喜欢自己一个人走，不喜欢被人打扰；但是我又要觉得很安全。我必须要跟人一起走，确保我的安全，但是不要理我。我是超级没有安全感的人，蛮麻烦的。

蒋　方　舟：当然，爬白云山也罢，爬乞力马扎罗山也罢；一个人爬也好，很多人一起爬也好，人活在世上，都在攀爬，都在行走。我觉得行走这个概念，特别有启发。去年开始，那种类似成功学、职场教你打拼的书在慢慢淡出图书市场，而像行走那种内心的修炼、修行慢慢流行。知识分子对宏大叙事越来越不关心，而是希望内心的平静，这说明人们意识到社会的发展造成了内心的某些问题，人们急于寻找一个答案。行走能不能找到答案我不知道，但是至少可以看出，人们希望为内心出现的问题寻找答案。我觉得这个就是这一本书、这一系列的书的意义所在，它可能不能提供答案，但是它提供了一种可能性。

行姿。

这个世界是客观的，更是主观的，每个人心中的世界都不同，最终决定世界是否美好的，永远是你的内心。

——田原【我生命旅程里那些奇妙的瞬间】

王维也好，玄奘也好，形形色色的住山人也好，少年的自己也好，那已成永恒的过往。并不完美的我，需要重新打理好行装，再次踏上那条经行道，直到下一场三昧雨将我浇灌。

——草西【我生命坐标里那个特殊的门牌号】

有一个人在午夜进了寺庙，从此再也没有出来。有人说他曾经杀人无数，有人说他曾经荣华富贵。

——费勇【我记忆里的江南寺庙】

我生命旅程里那些奇妙的瞬间

田原

五六岁的时候，有一次照镜子，看见镜子里那个人，突然觉得撞见了一个陌生人，觉得那不是自己。也许，这是我最初的自我怀疑，或者说，最初的自我迷失。我突然不知道我是谁了，突然不认识自己的面容了。其实，那个年纪，刚刚开始有身份的认知，别人叫自己名字的时候懂得立即答应，开始融入群体，借助环境和他人来定义自己。而在那几秒里，刚刚开始的自我认知突然消失了，“我”是谁呢？

是的，我是谁呢？一下子你的身份出离了。有点惶惑，但奇怪的是，我更多的是有美妙的感觉。还有许多次，我躺在床上，无意中看到天花板上的某处，然后就忘记了时间，再“醒”来的时候忘记了自己去过何处，就像做了一个美梦却记不起来内容。

七八岁的时候，我总是睡不好觉，那时看了一部名叫《方·托马斯》的片子，剧情记不清楚，那蓝脸人却仿佛跳出电视屏幕，死死盯着我。之后，蓝脸人常常半夜突然进入梦魇，我只觉得自己的身体完全不能动弹，意志也在被消融，仿佛要被带去一个可怕的地方。

之后，在妈妈的《大百科全书》里，我看到了印度的神，同样是蓝色的面容。

那时，我表哥还是一个天文爱好者，攒了压岁钱买望远镜，我们常常在夏天去楼顶看星星，总期待看见外星人，或者遇见什么奇妙的事情。当然，这些都没有发生。不过，从那时起，总有宇宙间的神秘气息牵引着我，好像要把我带到什么地方。我一直在等待着那个地方。来到这个世界，不就是为了要去那个地方的旅程吗？

我却总想把头伸出现实之外，看看另外一个世界的奇妙。

成长的过程里挤满了灰暗的细节。记忆里的中学时代总是阴沉着脸。上课时学会了偷偷睡觉，在老师的声音和同学的聆听里，梦魇萦绕。偶尔，美梦来临。醒来之后，不过是平常的现实。我却总想把头伸出现实之外，看看另外一个世界的奇妙。

2008 年到 2010 年对于我来说可以是人生的谷底，那三年中我一次又一次怀疑自己，对未来感到迷茫。在现实中，我不知道自己的事业要去向哪里；在心灵上，有种被装在塑料袋里的感觉。我试图看更多的书，获取更多的资讯，但有种并不能真正“领悟”的尴尬。

2010 年，想不起来是哪一天开始的，我开始跑步了。每天跑步，渐渐打破了许多自己给自己设置的障碍，懂得去体会、相信、分享，这个过程很微妙。到了 2011 年，我在机缘巧合之中去了加州的一个叫作 Esalen 的灵修中心，在 Esalen 的一个月我有许多神奇的经历，让我成了更本质的自己。

2011 年底，我真正开始自己导演，开始在现实和内心寻找自己的方向。不能说我已经找到，但至少我已经开始享受这个过程。

这几年中，有许多时刻对我来说是奇妙的，如同瞬间的乌托邦。

在做梦的时候知道你在做梦，并不从中醒来，继续清醒地留在梦中。

[在梦中见到自己的手]

记得是冬天，我在书店里看到了一本书叫《做梦的艺术》，名字有些费解，不过还是买下了。没想到回家一翻开，就完全放不下。书的作者 Carlos Castaneda，是一位学者，研究印第安人的药用植物，认识了一位叫作唐望的巫师。结果有点意外：Carlos Castaneda 成了唐望的学徒。

在学习的过程中，很重要的一项就是在梦中修行。

在梦中修行的入门：在做梦的时候知道你在做梦，并不从中醒来，继续清醒地留在梦中。

之前，我有过许多次梦中梦的经历，也曾经好几次在梦中飞行，然后突然意识到这不符合常理，一定是梦，之后便醒了过来。《做梦的艺术》中提供了一些很实际的指导方法，其中一项是：入睡之前告诉自己，入睡后要常常问自己是否在做梦，一旦悟到自己是在梦中，先稳住，不要惊醒，有意识地让自己做一件事情，比如说——看自己的手。

那晚，看到这里，突然有一阵困意袭来。我放下书，又回想了一下书的内容，然后很快就入睡了。

而在梦中，身体像是一位朋友。

在一个通道的尽头，有一扇破旧的铁门，深棕色上泛着深绿色的锈。就在这扇门前，我突然意识到自己是在梦境中。看自己的手！我对自己说。此时觉得重力是奇怪的，我不大能够感觉到自己的身体，甚至不知道手在哪里。意识和身体是脱节的，分别存在着，两者在现实生活中的亲密关系无影无踪。那么，手，请你来到我的眼前吧！手听到了召唤，但在梦中我的眼并不能看清。于是我又请求自己的眼睛调正焦点，让“我”能够看清手。

接着，我的手来到了那扇生锈的铁门前，我的眼也看清了这双手。

太奇妙了，在现实中，我们都理所当然地认为身体就是“我”，“我”就是身体。而在梦中，身体像是一位朋友，如果要让它做什么事情，是需要沟通的。

那次回到现实后的第一件事，就是看了看自己的双手……

你怎么能确定，现实就是真实的呢？也许梦境是更真实的现实，不是吗？

英文中有一个专指这种状态的词——Lucid Dreaming。据说，一些科学家甚至发明了一种眼罩来促进 Lucid Dreaming，这种眼罩会侦测眼球的运动，一旦进入 REM（快速眼球运动）状态，眼罩就会发出光亮。睡前，戴眼罩的人需要给自己一个暗示，看到光亮就表明自己在梦中。

我想有过 Lucid Dreaming 的人们，应该都更加相信灵魂，梦并不只是现实的残渣。我们所承认的现实只是很局限和狭小的一个空间，在这个世界中我们不得不遵循物理的准则，并且不能超越时间。而在梦中，我们更为自由。如果能够进入梦境，并且学会在梦中控制自己，那么飞行、用意念建造一座城市等这些都是易如反掌的事情。

《盗梦空间》这样的电影并非虚构，我相信主创人员都有过梦之修行的经历。梦中的世界有更多的可能，而且也许可以从梦的层面过渡到更广阔的宇宙中。

其实，早在 *Fringe*（美剧《危机边缘》）的第三季第十九集，服用“Lysergic Acid Diethylamide”（麦角酸二乙基酰胺，简称 LSD，用麦角酸合成的一种强烈的精神类药物）后的情景，已经是《盗梦空间》的原型，只不过这一集的主要内容都是以动画的形式出现。再早些，*Waking life*（《半梦半醒的人生》）这部电影也围绕着梦、时间、空间作了许多探索，看了这部片子之后的很长一段时间我都会怀疑当下的真实性。那段时间里我也有写日记记录梦境的习惯，反正上课总是无聊，所以经常老师在上面讲课，我就在下面偷偷写，那时是日记的高产期。有一次我在梦中见到在学校的走廊上一个女孩探出头来对我一笑，然后递给我一本书，我在早上第一节课的时候写在了日记中，而当天下午，我就在走廊上遇到了那个女孩，场景还有发生的事情和梦中一模一样，就连她笑时的表情也一模一样。

从小时候对梦魇的恐惧，到高中时期对梦的好奇，再到那个在梦中看见自己双手的瞬间，就像在黑夜里开车一直开到天亮，此时突然觉得应该休整一下，开始一段更有意识的旅程。直至今日，我仍然在梦中修行的初始阶段，距离下一次飞跃似乎还很遥远，不过我明白这是生命里最奇妙的东西。

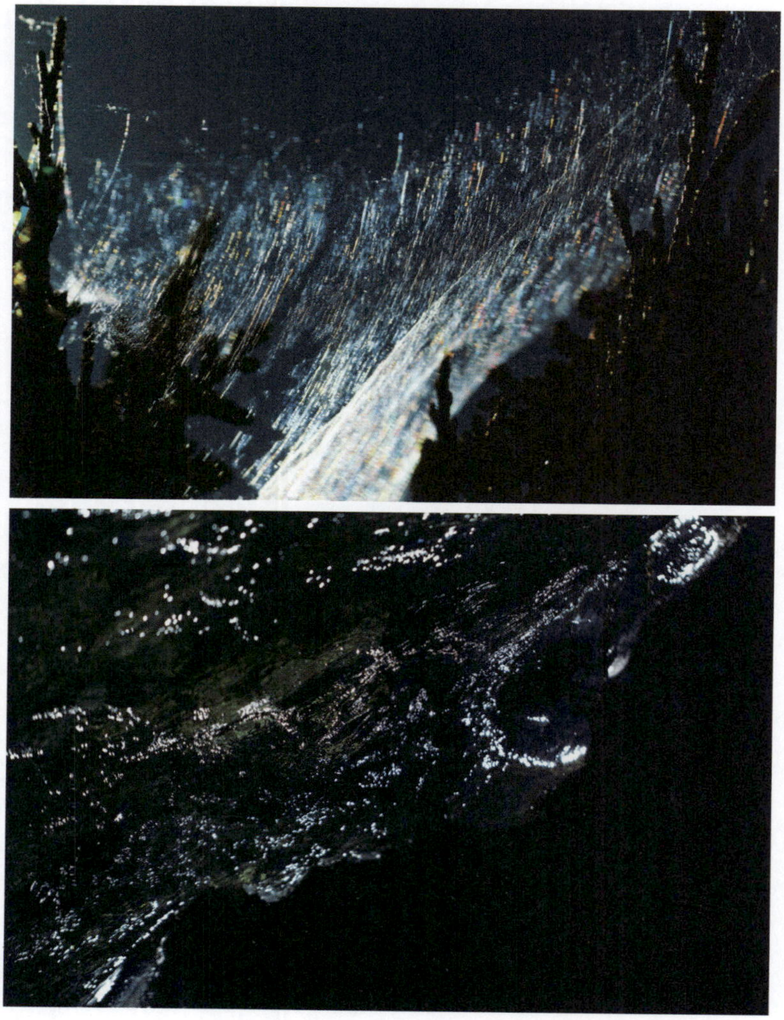

田原／摄

所以，我为什么要跑步？

所以，我为什么要活着？

[为什么要跑步]

很多人都觉得像我这样一个人怎么会去跑步呢，但我还是开始了。

那时，遇到一个在某运动品牌工作的朋友，聊天中她说了许多关于跑步的事情。比如，每年旧金山的马拉松，沿路都有Dressed up的人为你加油，那些女子跑步者，看到穿着粉色紧身衣的男人，总会忘掉一切苦累继续向前冲。诸如此类。跑步引起了我的兴趣。

第二天，我就去了健身房，踏上跑步机，准备跑个三五公里。

可是，事情远没我想得那么简单。才跑了三分钟，我就很想放弃。体力倒是还可以支撑，不能支撑的，是无聊。这是我完全没有想到的，考验跑步的，不是体力，而是对于无聊的忍耐。无聊的感觉汹涌而至。为什么要跑步？我问自己，积极来看这运动对身体很好，跑好了还能去参加好玩的马拉松；不过消极来看这就是一个笑话，重复着没有技巧性的运动，像个机器。很无聊。

停下来，我能干许多事情，相比之下，去工作一会儿或者画画、摄影，也都是对身心有益的。

所以，我为什么要跑步？

所以，我为什么要活着？

一瞬间，我突然意识到这两个问题简直就是同一个问题。

我为什么要活着呢？理性来看，生命的意义并不大。你来到这个世界，有了身份，然后长大、学习、工作，和其他人建立关系。每天，我们都要重复许多动作，做同样的事情，那些几乎没有意义的事情。然而，我仍然活着，并时常感到极端的悲观，因为一切都没有意义，而且无聊。

那么，我再跑一会儿。

第一次，也许是好奇心驱使，我跑了十分钟，也就一公里左右，对自己的成绩实在感到无奈。接着，也许就是好胜心驱使，我开始拼命地跑，还给自己做了一个疯狂的决定——三个月后去跑半程马拉松。

第二次，从十分钟到二十分钟，再到半个钟头，最后到能坚持边跑边看完大半部电影，跑步机突然变得亲切起来。和无聊相处，开始变得不无聊。身体一次次濒临极限，撑过一个小极限，再去下一个。呼吸、心跳占据了思维，那些平日苍蝇一般的垃圾思绪，竟然都飞走了。

和跑步机成了朋友之后，我开始跑实地，就这么没过多久，就到了要跑马拉松的日子。大家都觉得我疯了，都劝我说，跑不下来就算了。

我一个人上了飞机，要去旧金山，跑那个能够见到粉色紧身衣男的马拉松。没吃早饭，还差点儿把相机忘在安检口，上了飞机竟然没有素食。好吧，我就一直喝咖啡，看书，再喝咖啡。坐着的时候没问题，一站起来突然头晕，本想到了酒店休息一会儿就好，但最终还是倒在了出境口。

机场工作人员来到我身边，就像美剧里那样，郑重地帮我检查呼吸、脉搏，然后问我："女士，需要救护车吗？"

是的，我第一次到美国，就被塞进了救护车。被扎了好几针，输了盐水，又被检查了一番，我终于可以离开医院。没什么大问题，只是太久没吃东西，而且喝太多咖啡，严重脱水。

第二天早上我五点就要出发去跑，而折腾到酒店已经是下午四点。能入睡之前，我的脑子就像炒杂烩，各种想法被加热、翻炒。停，我对自己说，先好好睡。

第二天，我三点多醒了，看着镜子里的自己，就像看见陌生人。你好，陌生人，加油！ 我跑了下来，成绩还不错，一路除了遇到粉色紧身衣男之外，还有许多奇装异服的加油者。一起跑的朋友们也是最大的鼓励，老幼病残，高矮胖瘦，都在庞大的队伍中，我并不孤单。

每次就快想要放弃的时候，我就看看为自己加油的人们，看见完全陌生的人撕破嗓子为我呐喊。我又不是运动员，只是一个蹩脚的初级跑步者，却有如此待遇，有什么理由不好好跑？

其实我从小到大的毛病就是不能坚持，在遇到困难的时候总是选择吊儿郎当地放弃。那是一种诡异的自尊，我从小就希望自己在别人眼中是聪慧的，不用费什么气力就能做好别人要苦苦努力才能完成的事情。所以，每当遇到我觉得需要去努力才能完成的事情，这种诡异的自尊就会让我放手，我只愿意去完成那些我能轻松胜任的事情，并且在完成之后摆出一副不以为然的姿态。

真是一个让人讨厌的家伙！

是这个讨厌的家伙总在阻止我去努力，回想过往的自己，是那么幸运，有那么多机会到各种不同的领域去尝试。写歌、唱歌、写作、演戏，我总是靠着那浅薄的天分过活，不愿意更多付出，所以我并没能做到最好。其实，我也一直想做导演，介入更多幕后的工作，却总觉得要开始有些不易，就一直在等更好的时机。殊不知，所谓最好的时机，都是用努力堆积起来的。

跑过十公里的时候，那个讨厌的我总是浮现在眼前，那时我唯一的想法就是打败她！只有打败她，才能实现真正的自我。

我一直没有停步，脚底开始发热，用艰苦的每一步来打败那个负面的自己。

快到终点的时候，下了一阵细雨。十月的旧金山还很凉，但我跑得体内涌出热量。那一阵雨仿佛在对我说话，说的应该是微妙的人生哲理，我没大听懂，却又好像领会了其中的意义。

在终点处，穿着燕尾服的男人拿着 Tiffany 的青空色盒子迎接着我们，所以跑下来的人们都有特别版的 Tiffany 项链。

我拿了 Tiffany、纪念 T 恤，放眼望去找不到熟悉的面孔，倒是一个陌生女孩问我要不要她帮忙给我拍一张照片？好啊！她按下快门，记录下了那时的我。

那个我，仿佛是个温和的胜利者，那个讨厌的自己消失了，真不错……

[泡在温泉里抬头一看]

2011年七月，我到了一个叫作Esalen的地方，从旧金山机场出发，要再开将近四个钟头车才到。高速公路边有一个小小指示牌，写着“Esalen Institute”，如果不仔细看，很容易错过。

来之前，我作了一些研究，发觉二十世纪六十年代左右，许多我爱的音乐人、作家都曾经在Esalen待过。比如说杰弗逊飞船、感恩之死、亨利·米勒、赫胥黎等。不少心理学家也在那里有过研究和创作，之后许多身心疗法也在那里发芽和发展。当然，从二十世纪六十年代开始还有一个天体浴池，近期又有了自己的农场。

Esalen究竟是一个什么样的地方，不是一下子就能说清的。我自己是抱着无限的期待去那儿的。

Esalen在悬崖边，没有手机信号，我要和其他三人share一个房间，而且要被分配去各个组工作。我们参加的项目是Work scholar，会被分配到厨房、Cabins和Grounds三个组，一周五天平均每天有六个小时的工作时间，和上班也差不了太多。

最糟糕的是，我被分配到了Cabins，这个组要做所有洗衣房的工作，还要每天刷六个大浴池，所有House keeping的工作该我们负责。要知道，我从小就不喜欢洗衣机，觉得它是魔怪，会吃人。浴缸里的头发会让我崩溃，想想浴池里会有多少头发！还有要收拾的房间里会有什么状况！

第二天，训练就开始，我这才意识到一切比我想象的还复杂。天体浴池有六个大浴池，两个卫生间，十几个按摩床，十几个淋浴位，每天会用五百条左右的浴巾。一天浴池要清洗两次，每次要有冲洗、喷消毒剂、喷清洁剂、擦洗、浸泡、冲洗这几个死定的过程。整个环境的卫生都该我们负责，扫地、从沟里捞脏头发、换垃圾袋、收拾浴巾……

用过的浴巾要装进袋子里，每个袋子装满到百分之八十，大约有十公斤重，在工作人员开着电瓶车来收拾之前要把它们都挪到指定的位置。光是扛着装满浴巾的袋子一点点爬楼梯，就足以让人满头大汗。

洗衣房里的工作也不轻松，所有的一切都由我们来洗，床单、浴巾、抹布、围裙、桌布甚至地毯。每次往洗衣机里塞东西就像摔跤，指导员说这是压力洗衣机，塞得越满，洗得越干净。洗完的东西重了好几倍，我们要把它们拽出来，再放入烘干机。烘干完之后再叠好，分类放好。

我脑子里突然出现了四个字：劳动改造！

第一天工作结束之后，许多人都想放弃，甚至都有人开始查机票。还听说被分配到厨房工作的朋友，累得哭了，一辈子从未一次切过几百根黄瓜……

为什么来到这里？若是每天这样干活，哪里有时间去灵修，难道我们是被骗来的劳动力吗？冲凉的时候，许多这样消极的想法从我脑子里闪过。洗掉一身的疲惫之后，太阳已经落山，我走到悬崖边，看着远处海和天形成一色，又突然觉得刚才的那些想法再傻不过。

泡在温泉里，抬头一看，突然觉得被星空拥抱着。上一次见到这么多星星，应该是好几个世纪之前吧？

肮脏需要有人处理，不然哪有洁净？

“去泡一下吧！”朋友说。

好啊，说着我们就走到了浴池，泡在温泉里，抬头一看，突然觉得被星空拥抱着。上一次见到这么多星星，应该是好几个世纪之前吧？

那一刻，我好像才突然明白什么是放松。一整日辛苦的劳动之后，终于能够休息，明天还要继续，但有一小段时间可以泡着汤，看着星空，什么也不想，所谓灵修，也不过如此吧……

两个礼拜之后，我已经习惯了所有的劳作，每天早上都高高兴兴地穿着条 Nike 的马拉松短裤去刷浴缸。没过多久我就晒成了小麦色，像个土耳其人。往日我最害怕各种厨余和垃圾，有洁癖的我看见这些东西总有要作呕的感觉。然而，洗衣房里一项重要的工作就是甩脏抹布，这些抹布都是在食堂里用过的，里面夹杂着各种残渣剩饭，我们要在空地上把它们甩干净才能扔进洗衣机里。好彩的话，能从抹布里甩出整块的鱼骨头。

浴池淋浴处的脏头发更刺激，人类每天会脱落很多毛发，如果不把它们从水槽里拽出来，就会堵塞。每天中午，我就拿着抹布，从水槽里找出大把大把的毛发，一开始我根本就不敢看，后来却完全不再害怕。毕竟，肮脏需要有人处理，不然哪有洁净？

逐渐的，我的手臂结实了起来，吃饭也比原来更香，更感激，睡觉也很踏实。起得也是越来越早，有时凌晨四五点就醒来，去高速公路边跑一圈。清晨跑步的时候，总能遇见很多灰兔和乌鸦，我跑，它们呆呆地看着，仿佛是沉默的加油者。

第三个礼拜，开始有客人因为我把房子收拾得太干净而送我小礼物了。

那算是我第一次感受到劳动的成就吧！

[我忘记自己在长椅上坐了多久]

在 Esalen 待了半个月，一位在旧金山住的朋友决定来找我玩，她刚拿驾照就决定一个人开车过来。哪怕不堵车，路上也需要将近四个钟头，说老实话，我有点儿为她捏把汗。

Esalen 是没有手机信号的，只有 Wi-Fi 和电话亭，上了高速之后她的手机也没了信号，我们约好大概五点在 Esalen 门口见。不到五点，我就去门口。一晃就到了六点，不时有各种我喜欢的旧款车开过，偶尔有掉了几颗牙的小朋友从窗口冲我笑，好几辆车都停了下来问我是否搭个顺风车。我还特意穿了条颜色扎眼的连衣裙，生怕她错过，结果在高速边晃来晃去一个多钟头，连 Highway Patrol 的警官都特意从对面的车道绕了过来，下车问我是否需要帮助，她还是没有来。

我从小就喜欢在脑子里演电影，这个习惯让我在高速公路边站了一个多钟头也不觉得乏味。我所知遇的加州人都是善良、热情、喜爱帮助人的，不过我脑子里还是会出现各种B级片或者犯罪电影里的情节。比如说看上去帅气、忧郁的男人开车带你去偏僻的地方，然后是施暴和分尸，然后把尸体的各个部分从悬崖边扔下去。

在她出现前，我已经在脑子里编了三部电影。原来她的iphone导航和车载的GPS一个说开过了，一个却说还没到，弄得她很是迷茫，徘徊很久。我们本来预计七点能到山顶，已经完全不可能了。吃完饭，溜达一圈，再收拾好出发的时候就已经九点多了。

还好是在加州，人们一般都落后时间表三四年。

当时是夏日，所有的家庭都出来度假，周围的Motel和Cabins都被订满，六七百美元的豪华Ranch又超了我们的预算。最后我们只能订到山顶的一个隐修中心，那里有几间客房，价格不贵，只是有些难找。

就当去探索吧，我们也很想知道山顶的隐修中心是怎样的。

夜晚在一号高速公路上开车其实是一件很刺激的事情，路又窄又蜿蜒，一侧是山，一侧是海，淡淡的雾气，完全就更像是另一个世界。偶尔有开得醉醺醺的车从旁边飞过，要知道在加州，有孩子会用啤酒送下一把药丸，然后再开车上高速。我们开得很保守，一直匀速，不确定要开多久才能到。

过了半个多钟头，我们终于看到一个木牌，那里像是入口，但不能百分之百确定，我们还是开了上去，想大不了调头下来。谁知道那是一条刚刚能容下一辆车的小路，开了许久也不见变宽。我们左边就是不折不扣的悬崖，右边是山石，路上没有半点儿人烟，而且越来越陡。

如果走错了，要到哪里才能返回？

只能先往前开，盘旋的山路让山石像是一扇扇卷门，我们完全不知前方会出现什么，可能是眼睛闪亮的山猫，或者电锯杀人狂。

唯一亮着的是月亮和车灯，黑暗几乎随时可以把我们一口吞下。之前我们还在一路聊天，可这时我们都不约而同地沉默了，不知不觉已经开了快十分钟，紧张的气氛就快塞满车内的每一丝空间。

又一次拐角后，前方突然冒出一位面容清瘦的老人。他穿一件白袍子，拄着拐杖，头戴一顶黑色小毡帽。车灯直射他的脸，他却镇定得如同雕塑，我能清楚地看见他墨绿色的眼珠和幽深的瞳孔。

这是人类吗？

就在我们的心脏要停止跳动之前，老人家严肃的面孔放松了，他弯了一下腰，对我们微微一笑，绅士地让到了旁边，并且指了指上面，示意我们继续走。

又开了五分钟，我们终于到了目的地。其实才不到十一点，却安静得像是半夜，显然负责的人已经睡觉了，把钥匙留在了房间门口，我们进屋安顿好，终于舒了一口气。

去逛逛吧！我们都不约而同地这样想。

夜里空气有些透凉，教堂二十四小时开放，月光照在门口，好像在欢迎我们。其实我们都没有宗教信仰，不过还是怀着尊敬走了进去，门略有些重，我们关门的时候很小心，在这样安静的地方，声响会被放大数倍。教堂并不华丽，没有彩色玻璃也没有复杂的浮雕，甚至连壁画都没有。只有安静的一个讲台，上面放着蜡烛和圣经，台下是两排长凳。

门口放经本的书柜上贴着每日功课的时间，最早的一次是四点。

从教堂出来，我们无意中抬头，发觉星空竟然那么明亮。我已经完全不记得上一次看到如此美丽的夜空是何时了，原来深蓝才是夜空的颜色，而非黑色。蓝色的丝绒上有无数密密麻麻闪亮的星星，仿佛随手就可以摘得一颗。

车里还有大半瓶红酒，我们就在这样的星空下把它全喝完了。

微微的醉意下，那些仿佛童话里的高圆锥形树木仿佛在一点点上升，星空变成画布，它们跃入画中。还有月光下的蜘蛛网，渐渐舒展开，抽出越来越多的丝线，仿佛织出了另一个维度。

一只黑猫从我们脚边跑过，然后蹲在矮树丛中用绿色的眼睛看着我们，似乎下一秒就要开口说话，就像《37° 2》（又名《巴黎野玫瑰》）里的最后一幕那样。

第二天，我清晨五点就醒来了，梦里似乎听见了第一次晨诵的美妙声响。

我一个人到了屋外，一个人也没有，于是走上了昨夜我们开上来的那条路。阳光下，海是蔚蓝色的，各种植物也刚刚睡醒，朝着太阳的方向舒展开来。悬崖边有红色的长椅，坐上正好面朝大海，风吹来，我的身体仿佛没有了重量，闭上眼就觉得自己可以是在任何地方。

我忘记自己在长椅上坐了多久，总之在那段时间里，我去了很多地方，甚至回忆起了小时候的一些细节。最后是车的声音让我醒了过来，一辆旧旧的橄榄色汽车开过，开车的是一位老者，他对我点头示意了一下，然后开下山去。

再上山的时候，前台已经开门，那里也是一个小书店，里面卖的是宗教和心灵的书。在宗教方面你可以看到佛教、伊斯兰教、印度教等。我选了本苏菲派诗歌，去结账，柜台的爷爷和蔼地跟我聊了许久，我是这里唯一的中国客人。帮我结完账，爷爷穿上了神父的衣服，准备去教堂。

从某种意义上说，我们都害怕孤独。

而是开始试着做孤独的好朋友。

临走之前，我在床头柜里发现了一本小册子，里面写的文章是如何享受孤独，文章不长，一会儿就读完，作者将独处写得美妙而轻扬。

其实，从某种意义上说，我们都害怕孤独。

离开的路上，我一直在看自己，就像看电影。从小我就总希望让别人觉得我是多么独立，但事实是我到了陌生的地方，总会找人最多的地方，不直接和人接触，做个热闹中的隐蔽偷窥者。我需要和人接触。

下山后，我回到Esalen，遇到一位很有威望的传教士，他常常在世界各地演讲，有许多信徒。他的助手和我成了好朋友，一天我们聊天，无意中说到那个山顶，他兴奋地告诉我他的老师曾经在那里待过十多年。那十多年中，他只是安静地生活和祈祷，不和外界接触，几乎忘记了怎么说话。

回忆起短短十几个钟头在隐修中心的经历，我开始去想象十年与世隔绝的生活。断绝和社会的联系，反而是空气、海水、天空、一草一木活了起来，看入一朵花儿，就进入一个新的宇宙。那样的孤独是温暖的，像被拥抱。

孤独的意义，至今我还没有完全弄清，但那次之后，我至少不再害怕它，而是开始试着做孤独的好朋友。

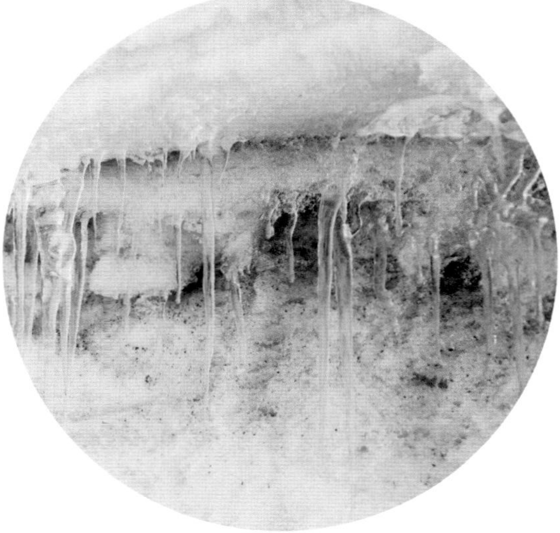

[突然被抽离到丑陋的现实中]

如果二十世纪六十年代来到Esalen，你会发觉满地都是high大了的赤裸嬉皮士，没有人穿衣服。二十世纪六十年代左右的Esalen有过一段光荣而疯狂的历史，Hunter S.Thompson都在这里做过保安，由此便可以想象那时是有多acid。

然而到了二十世纪八十年代，Esalen开始慢慢收敛，朝着更加治愈的方向前进。之后许多著名的心理学家开始在Esalen生活、研究和授课，科学和超自然结合，碰撞出许多种身心治疗方法。可以说，之后的Esalen更加健康和积极。

今日，在Esalen你可以看到各种各样的人，从刚刚毕业的年轻人到大公司的终极高层以及好莱坞明星，人们到这里来寻求当下社会所缺失的的东西，向往着内心的成长，试图在这里实验一种更好的生活方式。

想要了解更加原始的Esalen，你需要和老人们聊天。

刚到不久，我去小书店溜达，发现有一本书叫作*The cosmic game*，只是简单翻了两页就被深深吸引。书中讲的是各种宗教里的极喜体验，并且分析它们之间的共同之处，并延伸到宇宙观念。

我买下了这本书，又发觉同一个作者还有许多好玩的书，比如说LSD研究，以及未来的心理学等。于是最后，一口气买下了三本他写的书。作者的名字是Grof Stainslav，书的扉页上有他的照片，长得英俊而且眉宇间有股贵气。

买完书，我就去食堂吃饭，发觉桌上有一个大蛋糕，上面写着：生日快乐 Grof。我再看看自己手里的书，难道是作者生日？四周环视一下，突然发觉一张英俊而且透着贵气的脸，那就是作者啊！他的头发已经花白，脸上多了许多皱纹，眼神却像年轻人。

我手心开始发热，壮着胆子拿起书走向他，对他说我刚刚买了他的书，能否给我一个签名？他欣然答应，除了签名之外，还送给我一个长长的拥抱。

后来我才知道，他是俄罗斯人，在冷战期间研究超能力，然而在苏联的政局之下受到限制，最终移居美国，在 Esalen 作过很多研究。他甚至成立了一个组织叫作 Spiritual Emergency，专门帮助突然发现自己有超能力且有些不知所措的人们，指导他们正确认识并更好地运用自己的能力。

之后我常常在入睡前读他的书，带着他对宇宙的洞见慢慢入眠，好几次都有奇妙的梦境。

每个周末，我们这组就要去 Esalen 里最大的一个宅子打扫卫生。那里有十多间客房，有两个房间和主建筑由一条小走廊连接起来。负责这两个房间的是一位叫作 Marilyn 的女士，她已经头发花白，编着波希米亚式的一排麻花辫。第一次见她的时候，她就给每个人微笑，她嘴角扬起，眼神温暖，让人觉得她就是不到二十岁的少女。

每次我负责四个房间，几个礼拜之后，我做得越来越顺手，总是提前完成，于是就去帮Marilyn。穿过走廊，发觉她蹲在地上，阳光正好落在她头发上，银白色的麻花辫上。她认真地在修剪花朵，似乎这是全世界最重要的事情。

要帮助吗？我问她。她抬起头，愣神想了一阵子，说了一大堆她还没做的事情，看来她真的把所有时间都用来修剪花朵了。

我拿起工具，进到房间里干起了活儿，忙得满头大汗。最后我打开吸尘器，嗡嗡作响，仔细清洁每一个角落。就在嗡嗡声中，我在汗水、阳光和清洁剂的味道中闻到一股大麻味道，转头一看，是Marilyn进来了，嘴里叼着一根卷得歪歪扭扭的大麻在擦桌子。

她仿佛奏乐一般有节奏地喷着亮光剂，然后悠悠地擦着桌面，然后晕乎乎地看着桌面，应该是在刚刚擦亮的桌面上看见了自己的投影吧。

她看见了什么？年轻时候的自己，还有那段云雾里的日子？

那时的她一定是漂亮的少女，头戴着花朵，亲吻每一个人。

那之后，我每次都早早干完自己分内的活儿，然后去帮忙Marilyn，看她无比认真地摘花、插花，梦游一般打扫房间。

弹着吉他唱歌的年代永远都不过时。

她的T恤上有一个个小洞，袜子上也有浅浅的黄色洗渍，她的皱纹是丝绸的折痕。

她活在自己的时空中，真正能和她对话的，是花儿吧。

一个傍晚，我在食堂吃饭，突然听到角落里传来*No woman no cry*，望过去，是一个戴着雷鬼小帽子的老头在边弹吉他边唱，他的伙伴在打着手鼓。他们唱着，吃饭的人们也开始注意聆听，一曲唱完这小表演才刚刚开始，那天他们唱了一整个晚上，唱的都是二十世纪六七十年代的歌儿。慢慢的，许多人也开始随着哼唱，夜晚被音乐填满。

此后的那几个晚上，这两位老人总是在唱，有时还在室外唱，浣熊和臭鼬也驻足聆听。其实在Esalen，总能听见有人唱歌，上了四十岁的男人，不是会弹吉他就是会弹钢琴。经常在夜晚，大家就聚在一起把老歌唱了一个遍。快要离开的一个夜晚，人们又聚在一起弹琴唱歌，我突然大声喊：我们一起唱*Light my fire*吧！

好啊，吉他响了起来，大家纷纷加入这首歌，越唱越开心，最后把副歌的部分唱了无数遍。

每当这个时候，我就会深深感到，弹着吉他唱歌的年代永远都不过时。

从一建成开始，浴缸就是Esalen的特色。这里海水、淡水还有温泉水交汇，是印第安人的圣地。当时还没有高速公路，需要翻山越岭才能到来，为了把浴缸安置到位，人们甚至架起了索道。

从一开始，这里就是一个天体浴池，无论男女都赤裸以对，是裸体主义运动史上一个重要的地点。这种习俗一直保持到今天，之前我以为自己应该会有些不好意思，但其实到了环境之中，所有人都再自然不过地脱掉衣服，赤裸裸地泡在一起。

倒是自己去做打扫的时候有些不好意思，因为常常要在人们泡得开心的时候把人赶出去。还好人们都是友善的，虽然有些不舍刚泡舒服的那团水，却都乖乖地转去另一个浴池。

仅有一次，我遇到两个较劲的中年妇女，她们显然觉得Esalen是度假的地方。当我笑着请她们去另一个浴池时，她们瞬间就板起了脸，摆出了酒店客人的姿态，说我们可是付了钱来这里的，凭什么我们刚进来就让我们出去，我们不出去。我继续笑着对她们抱歉，说这是规定，每天清洁也是为了保证大家的健康，请谅解。但她们一点儿都不在乎我说什么，闹着要让负责的人来解释，说什么她们不知道这规矩。

我突然觉得被抽离到丑陋的现实中，一下子注意到她们褶皱的裸体。那一秒我突然回想起自己过往住酒店的态度，我不也是这样吗？

我多少有些被刺痛，她们半点儿都没有尊重我，只是把我当成一个没有尊严的清洁工，在不停地抱怨，并且给我难看的脸色。这是头一次在 Esalen 遭遇这样的情况，我突然觉得被抽离到丑陋的现实中，一下子注意到她们褶皱的裸体。那一秒我突然回想起自己过往住酒店的态度，我不也是这样吗？认为付了钱就可以命令他人，有一点儿不满意就开始强调自己的权利。这分明就是最恶劣的资本主义体现，认为钱可以换来阶级的优越性，把服务人员当作低等人。

我扶着清洁刷愣了好几秒，瞬间回顾了一番那个让我讨厌的自己，万分懊悔。醒过来看到那两个仍然在浴缸中摆着死脸的中年女人，我深吸了一口气，对她们说，如果你们坚持，就待在这里吧。

其他人都笑着转移了浴池，她们多待一阵子，对我的影响，不过是要多等一会儿，中午没时间吃饭而已。我继续去刷洗其他的浴池，偶尔看看孤独地泡在那个池中的两个中年女人，她们的那股霸气似乎也在落单中慢慢蒸发。

此后，我再住酒店，都不会弄得乱七八糟，尽量让客房服务的人员不那么辛苦，也会留下小费以表感谢。你可以享受服务，却永远无权凌驾于他人之上，对吧？

你总可以一瞬间就回到这里。

就要离开Esalen的那段日子里，我有种说不出的伤感，我甚至觉得Esalen才是我真正的家。从一开始被繁重的体力活压倒，到最后完全融为一体，这是一个奇妙的过程。我渐渐理解了协作、沟通的含义，开始和周围的人有了更深层次的交流。我也更加懂得享受新鲜的空气、食物，开始熟悉Esalen的一草一木，和它们成了朋友。

走前的一晚，我们聚集在一个圆顶屋中，一位Esalen的老者为我们主持了一个简短的告别仪式。她让我们闭上双眼，走入自己内心，想象自己在Esalen中游走，找到自己最爱的那个地方。

我照她的指示闭上双眼，一下子就来到冥想屋的小溪边。我常常在那里看着水流，看着看着就会入迷，看它们每一微秒的变化。这时，老者用温柔的声音说，现在把这个地方放入你的心里，它就永远住在你心中。当你回到你真实的生活中，当你觉得迷茫的时候，你总可以一瞬间就回到这里。

这是最好的催眠，那一刻我突然有种想哭的冲动，心头热了起来，并在这样的热量中把那个地方存入心中。

八月初，我回到了北京，一下飞机就遭遇了燥热。回来后，繁多的工作随之而来，起初的几天我有些喘不过气来。一出门就会遭遇尾气的油腻味道和城市里的复杂气息，人和人之间的关系也瞬间骤变，和在Esalen的无尽友好、坦诚形成鲜明对比。

我打开自己心头的门，那股溪水流淌了出来，我听着溪水进入了半梦半醒的状态。

我明白了，其实让我觉得沮丧的，是我自己。

一个夜晚，我躺在床上，伤心而且迷茫，我觉得自己回到了一个让我没有归属感的地方。闭上眼，开始冥想，我想起老者说的话，想起藏在心中的小溪。我打开自己心头的门，那股溪水流淌了出来，我听着溪水进入了半梦半醒的状态。

周围缓缓地变得美好，我穿过一片树林，竟然来到一片雪山前，面前是壮观的银色群山。再远处，是青色的天空，天空中泛着点点光亮，说不清是星星还是雪花。我的视点不再是一个，另一个视点瞬间到了雪山顶，从山顶看见自己，只是渺小到几乎可以忽略的一个点。再回到低处的自我，我的心头突然开阔了许多，我开始慢慢向前走，此时我低头看了看脚下，发觉地面已经变成如平镜的湖水。镜中的画面，竟然是回到北京后平日看见的高楼和汽车，那个世界是灰色的。然而再抬起头，又见美好的雪山和天空。

我明白了，其实让我觉得沮丧的，是我自己。

周围的世界其实是纯净的，是我的内心低落了，才看见灰色的景象。

从那次冥想醒来，我有了力量，而力量是来自内心。这个世界是客观的，更是主观的，每个人心中的世界都不同，最终决定世界是否美好的，永远是你的内心。

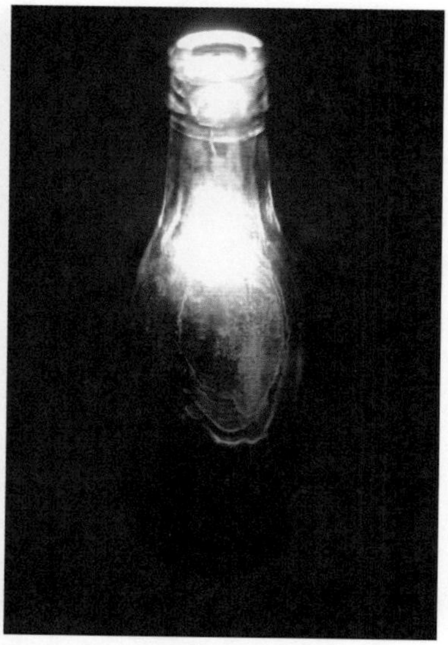

我生命坐标里那个特殊的门牌号

草西

昨夜，我又梦见千里迢迢回到了终南山，正赶上大雄宝殿的晚课，我穿过汹涌人群和暮鼓阵阵，终于到达我歇息的房间。有时候我梦见当天就要下山，而半山腰积雪已深，我担心天黑之前赶不上返回城市的末班车。还有一些时候，我梦见多年不见的老友就站在禅堂外的阁楼上，等我赶到，他已离开。

我一次次在现实和梦境里反复听到一个声音：回来吧，回来。这里是终南山。

少年游

中国古代有一词牌，叫“少年游”，它因晏殊词“长似少年时”而得名。一看到这三个字，我脑海里就会浮现出这样的画面：一位清瘦的少年背着一把短剑，一吊行囊，一盏青灯，轻捷地遁入茫茫的江湖夜雨中。大学时代，我把学生会、百强企业、出国留学等当时校园里热衷的事物都扔在了脑后，而把“少年游”的足迹留在了终南山。

从北京向南，每次坐火车从学校返回四川老家，都要翻越那道中国南北气候的分界线——秦岭。惊讶于白雪皑皑的山巅如何忽然间就过渡到了平原的葱茏。而对藏在秦岭深处，传奇城市西安南部的终南山，更是充满了好奇。古代，这里是士大夫们“穷则独善其身，达则兼济天下”的“终南捷径”，一生都在吟咏南山的王维，则更让我痴迷。那时我并不知道，终南山仍然是全国乃至全世界为数不多的还存在住山隐修者的地方，当时美国人比尔·波特《空谷幽兰》一书也尚未走红。那一年，我有着宝贵的二十岁却并不自知，只想为漫长的暑假寻一个去处。这时正好在网上看到：终南山净业寺举办佛子夏令营，我便以记录活动的摄影义工身份报了名。经过一周左右的忐忑等待，接到了录取邮件。当时全国各地寺院的禅文化夏令营正在“流行”，但大多在一些宽大敞亮、离城市较近的地方举办，规模也比较大。净业寺报名通知上却申明接待营员人数有限，条件也比较艰苦。电话打过去询问，得知一周活动期间不能上网，不能打电话，不能沾荤腥，但这对一个一无所有的学生来说根本不是问题，于是，我背着几件换洗衣服和几本书，上路了。

终南山北麓凤凰山山腰上，距离西安市区三十五公里，便是净业寺的地理坐标。至于它的心理坐标，或许因人而异。从火车站出来要先坐公交，再坐郊区巴士到达一个叫作沣峪口的山口，然后走几公里坡路才能到达净业寺的山门。唐代初期，高僧道宣结庐终南四十余年，除两次出山，其余时间均在净业寺潜心禅定，研究律学，写下了鸿著“南山三大部”，净业寺因此成就为律宗祖庭。而道宣的再传弟子鉴真则把终南律学的精髓带到了海外。唐天宝年间，鉴真和尚六次东渡日本，其间因长途跋涉，暑热染病，双目失明。此义举受到天皇为首的日本举国上下的盛大欢迎，鉴真也被奉为日本律宗的开山祖师。在近代，经历了无数战乱和政治运动的净业寺，早已没有唐代盛极时的模样。“文革”时，净业寺一蹶不振，仅剩大殿一间留给生产大队。党的十一届三中全会以来，随着宗教政策的进一步落实，政府拨款加上少林寺僧人永空四方筹资，净业寺才又有了几处佛殿和茅棚。1988 年，当代高僧、厦门南普陀寺妙湛法师来到终南山，目睹荒痍，发心倡修，第一次让律宗祖庭通上了电。1997 年底，妙湛法师之徒闽僧本如法师来到终南山，开始了历时八年大规模的修缮，才建成如今包括禅堂、知珍堂、五观堂等在内的有着五十多间房屋的现代寺院。

从山脚到山腰的寺院，整整需要走完一千零八十级麻石台阶路。我已经忘了当时是怎么把一整只箱子抬上去的，只记得满山绿色涨眼，汗水湿透全身。妙湛老和尚舍利塔就矗立在净业寺天王殿外的山崖上，犹如灯塔般迎接我。还记否？老和尚圆寂时留下一句“应怜世上苦人多”偈语，我爬坡上坎这点苦又算得了什么？办完报到手续，我开始在庭院溜达，正值山寺雨后的傍晚，山楂树叶尖的水珠，石板路上的浅水洼，仿唐式斗拱下的蛛网都在闪着透明的光。过路的风摇动檐角的铃铛，不急不慢地将空气中的湿润和绿色搅动，融进远处雾霭缭绕的山谷。我忽然有种到家了的自在：打个喷嚏也自在，哼个歌也自在，哪怕忽然饿了，逮住一个师父问什么时候开饭，也十分自在，丝毫没有去想，接下来在一个以戒律著称的古老寺庙将会遭遇怎样的考验。

然而这种亲切的感觉不只在那一刹那存在。开营典礼上，时任净业寺住持的圆源法师用充满磁性的嗓音说了一句“欢迎回家”，犹如微风吹过心湖，胜过一切繁文缛节的仪式。作为体验式的夏令营，营员们每天的作息大致跟住寺僧人一样：敲钟，上殿，吃饭，劳动，学经，坐禅。我随身带来的一大堆东西几乎都没用上：在潮湿的地板上睡一个星期，毫无频繁换衣的必要，而平时的枕边书在心境切换到另一种频率时阅读，也并非一种好的选择。洗漱、打扮、聚餐等城市生活中需要花费在身体上的时间，都被节省下来用在了另一些地方。

最开始是参拜祖师塔、祖师洞。净业寺内的一面山墙中，还存有道宣律师曾经闭关的山洞，后山上还立有祖师舍利塔。唐高宗乾封二年（667），道宣律师在终南山清宫精舍圆寂，弟子为其建舍利塔于寺后峰顶，永作纪念。嘉靖三十四年（1555）关中地震，道宣舍利塔倾倒，至隆庆元年（1567）时方重建。现在此塔为清康熙五十二年（1713）诸山长老重建。上山绕塔，清扫垃圾。印象深的是有一位戴眼镜的师兄在众人绕塔的时候，独自钻进了塔后的灌木丛，回来的时候满脸是汗，塑料袋里的垃圾比我们所有人捡的加起来还要多。

主要的功课是听经与坐禅。听经一小时，坐禅一炷香。讲课的老师有净业寺的僧人、大学教授和宗教局的学者，教法不同，但皆受用。最认真的是一个剃了光头的七八岁的男孩，上课总是坐第一排，打坐姿势也最标准，而且不苟言笑，像个小大人。而我却反倒像个小孩兴奋不已，禅是什么？是虚灵宁静？是觉察真相？这些都是后来的想法了，当时在我看来，禅就是窗外山谷中，雾气消散时那忽明忽暗的天光。

偶尔穿插小参茶话和拜山。佛教中登堂说法为“大参”，定时以外的说法为“小参”。傍晚时分，大家在露天围坐，喝茶聊天。请来师父开示，交流学修体悟。不觉就进入了欢喜之境，有一位师兄唱起了秦腔，有的师兄打起了太极。直到一阵雷声滚过，众人才恋恋不舍地散去。拜山是从半山腰一直到净业寺天王殿，每走三步台阶，就要俯身叩拜一次，即所谓“三步一拜”。因为天气太热，拜山结束之后，大家脸上都沾满了树叶和灰土，有年龄大一点的还中暑了，但刚恢复体力，就表示愿意再拜。

我的任务是在这些活动进行当中，抽空拍几张照片。对于拍摄，圆源师父给我的要求只有四个字:用心去拍。“心”是什么?似乎只能追随,不能推敲。我懵懂地开始了拍摄,几天下来,除了规规矩矩的活动现场和美而空洞的花花草草,几乎没有更多收获。一天在大殿门口闲逛,一位法师拿过我的相机,咔咔,随便按了几下。我拿回来一看,前景中是枣树上一只空壳的蝉蜕,后景中模糊的匾匾,依稀能看出是禅堂门口的三个大字:选佛场。我一下感觉到十分震撼:这才是照片!随即又十分惭愧,如果摄影是佛设置的一道门槛,我肯定是选不上的那个。

一天晚上,山中下起了大雨,大雄宝殿正在进行寺里一天中最后的仪式:撞钟。除了殿内的烛光,空寂的大山再没有星光和灯光。我踩着钟声去洗手间,有些害怕。路过大殿时,不经意往里面看了一眼。这时候,发现殿中央的佛陀正好也在看着我,烛光打在他脸上,多么柔和。一位师父正闭眼唱着叩钟偈(传统寺院叩钟时的仪规),海青(我国佛门僧俗二众礼佛时所穿的衣服)被山风吹起来。我瞬间被一种力量灌满,半天没缓过神。回到房间最靠近门的湿冷地铺,心中还想着那个画面:佛陀是看着你的。他也是这样看着万物的。所有一切都平等地存在时间的长河中。我感觉我的灵魂已经从身体里游离,伴着雨夜的钟声,在那座佛像前俯身合掌。

营员是来自天南海北的人,之所以来到终南山,有的想成就事业,有的想解脱病痛,有的想了悟生死。那时候的我涉世未深,烦恼也浅,来的目的仅仅是为了感受,觉得佛学跟艺术一样,都是让人美好的存在。事实上,我却收获了更多。在以前经历的教育中,总是教我去怀疑,去竞争,去达到一个目标。山中的这一段旅程却让我去相信,放下,全然的接纳。《涅槃经》云:“佛念一切众生,犹如赤子。”其实佛陀的教诲中,那无所牵挂、直来直往的赤子之心,正和一颗少年的心无异。

在中国文化的脉络中,终南山不仅是佛教圣地,更是诗歌的摇篮。从《诗经》中《秦风·终南》到《小雅·节南山》,终南山就是借怀起兴、斥讽权贵的妙物。到了唐朝更是一发不可收。文人们到京求名建功,闲暇时间便到终南山游赏。李白望终南山:“心中与之然,托兴每不浅。何当造幽人,灭迹栖绝巘。”钱起秋天和友人回到终南山的别业:“昔年莺出谷，今日凤归林。”杜甫在长安潦倒十三年，后离京另谋生计，却仍对终南山充满了离情：“尚怜终南山，回首清渭滨。”更遑论那王维用性灵吟咏出的《辋川集》。但最适合描述我当年心境的，却是蒋捷的一首宋词《虞美人·听雨》：

少年听雨歌楼上，红烛昏罗帐。
壮年听雨客舟中，江阔云低，断雁叫西风。
而今听雨僧庐下，鬓已星星也。
悲欢离合总无情，一任阶前，点滴到天明。

少年人总是爱热闹，有了五花马千金裘做伴，便能直下襄阳向洛阳，僧庐似乎总是寂灭的象征。而我的年轮似乎错位，更享受那种“点滴到天明”的静谧。这或许就是前世的记忆吧：遇到佛陀的那一天，一眼就望到了自己“鬓已星星也”的模样，决定不再在罗帐中昏沉下去。

又是一场大雨。净业寺的山门被环抱在模糊的翠绿中，犹如一幅水墨画。雨水打在青青的松树上，发出很细切的声音；打在裸露的白石上，发出硬脆的声音。中庭一张木桌，桌上供有一尊微笑的观音白玉像，看上去像位容光焕发的美人。一位僧人踮起脚来，给观音披上了一件雨衣。承蒙机缘错爱，让我青年时代就在僧庐下听到了清净的雨声，奈何少年不识愁滋味，又哪能真正懂得佛陀的微笑？它打开了我的生命能量，但是否愿意收留我的灵魂？我把心敞开在雨中，谁能为它打一把伞？那天，我在山门外久久徘徊，带着少年特有的胆怯，却迟迟没有进门。

空山不见人

有这样一个发生在终南山的典故：唐玄宗开元十六年（728），四十岁的诗人孟浩然来到长安，准备参加进士考试。有一天，孟浩然来到王维家中闲坐，突然门子报说皇上驾到，王维整肃衣冠外出迎接；孟浩然作为无职人员，不能受到皇帝接见，只好慌忙藏到床下面。玄宗进到屋内，见桌上有两只茶杯，遂问谁在做客。王维如实禀报，孟浩然只好从床底下爬出来参拜。玄宗久闻孟浩然大名，就问他有无新作。孟浩然脱口吟诵一首《岁暮归南山》，曰："北阙休上书，南山归敝庐。不才明主弃，多病故人疏。白发催年老，青阳逼岁除。永怀愁不寐，松月夜窗虚。"玄宗不悦，说道："卿不求仕，而朕未尝弃卿，奈何诬我！"将孟浩然放归襄阳。开元年间，韩朝宗为襄州刺史，约孟浩然一同到长安，为他延誉。但他不慕荣名，至期竟失约不赴，这位诗歌上的大家在仕途上终于无成。

并非人人都如孟浩然般耿介。《新唐书·卢藏用传》记载，隐居南山者名曰司马承祯，雅号白云，以示高洁、脱俗。唐玄宗知道后请他为官，被他婉拒，于是命人给他盖了一个院落，请他在里面抄写校正《老子》。任务完成后，司马承祯到长安拜见玄宗。在长安，他遇到了曾同在终南隐居的卢藏用。卢藏用早年求官不得，故意跑到南山以退为进，从而受到武则天的召见，以至被封为左拾遗。此次见面，卢藏用抬手指着长安南边的绵延山脉，意味深长地说："这里面确实有无穷无尽的乐趣啊！"司马承祯讽刺道："不错，依我看来，那里何止是有趣，简直就是做官的'捷径'啊！"这便是"终南捷径"的由来。新、旧《唐书》所记载的隐士中，终生不仕的不过只有陆羽和崔瑾两人而已，就连李白在开元时期隐逸的目的也是为了制造声势。

在众多关于隐士文化的研究中，一般认为归隐之人分为三类：第一类是出于政治目的的归隐；第二类是具有宗教追求的隐士，以隐居修行的方式达到某种超越性的目标；第三类的隐士就是自我出世的隐士，他们没有出于政治目的，也没有宗教解脱的目标，而是出于个人对原有生活方式的主动或被动放弃。而在终南山最兴盛的唐代，帝京文化、诗歌文化、隐士文化和佛教文化一起，形成了终南山文化的别致，以至于这三类隐士最终互相掺杂，分不清楚其最初目的。

谚云："长安三千金世界，终南百万玉楼台。一片白云遮不住，满山红叶尽为僧。"佛教汉时从西域传入中国，首兴于两晋，再兴于隋唐，此后逐步中国化，自成体系，形成八大宗派，其中六大宗派的祖庭或中心寺院都在长安，四大宗派的祖庭或中心寺院就在终南山下。从北周静霭和尚率领徒众入终南锡谷隐居并建七十二茅棚至今，住山隐居修道之风从未间断。有统计称，如今终南山尚有千余座规模大小不等的茅棚，长期居住的隐修者有四五百人。二十世纪末，终南法华寺中八十多岁的老比丘尼圆照法师圆寂时，弟子在火化时惊讶地发现，在五花舍利中，有一颗心脏结成的巨大舍利，这更使得人们对终南山"隐者"的力量深信不疑。那次夏令营后，我又零零碎碎去过南山四五回，或许因为根器驽钝，并未见到灵通的人或事，而是遇到了一些活生生的住山人，以及一些真实的故事。

净业寺的东沟，也是修行之人的一个集中地。清康熙嘉庆道光年间，寺产田地颇丰，于是在东山谷修建茅棚六十八间，供僧人禅修。大殿左手边不远处有一条向下的小路，天气晴好的时候，偶尔能遇到一两位背着竹篓的僧人走上来，靠在五轮塔旁边的石栏上歇脚。背篓里有时候是核桃，有时候是柿子，寺里的居士把它们倒出来，再往里面装上米、面、油，以及其他的一些生活用品，念叨着"东沟的师父上来了"，脸上流露出敬佩之色。

有一年中秋节我正巧在山中，一位师父要到东沟去给茅棚里的僧人送月饼，我也随之下去参拜。离寺最近的茅棚，也需沿崎岖陡峭的山路爬一小时以上，稍远一点的要两到三个小时。在东沟，清修师父一般都在茅棚中自给自足，所以山沟里其实是根本没有路的，若没有指引方向，肯定会迷失在漫山的红叶中。记不得走了多久，看见有一畦菜园，种有大豆、南瓜，几个馒头在石头上孤零零地晾着。同行师父告诉我，茅棚上画有一个密宗符号，说明这里的师父是修密宗。当天探访了四五个茅棚，有的师父不会说普通话，只有用肢体语言和我们交流。有的师父持戒，听闻有女众到来，遂谢客不见。最后走到山谷最深处，只见小河边一棵果实累累的柿子树下，掩映着一座土夯的茅棚，一位身材瘦小的僧人正在门口剥新打下来的核桃。同行的师父向他请教修行心得，他大概说了一些"不可心外求法"之类的话，想必是位习禅的修行人。他说话时的表情就像小学生一样认真，语气也特别活泼，跟我印象中苦行的僧人完全不一样。

净业寺里的僧人虽然没有东沟的师父神秘，但是修行方式也各不相同：有的念佛读经，有的修习禅定，有的埋头做事，有的琴棋书画样样皆通。在终南住山近二十年的本如法师曾是净业寺的住持，毕业于厦门大学中文系，僧房里不时可以看到他的书画作品，意境冲淡，笔法古拙。本以为这样的画作应出自一位仙风道骨的老者之手，没想到见到本人，却是一位风风火火 CEO 式的中年人，能把寺庙打理得井井有条也就不足为怪了。他曾到少林习武，平日常穿着几十斤重的铁靴上山下山。他对我也是长辈般的严厉。一次他在山房会见客人，叫我过去帮忙泡茶，我却毛毛躁躁差点把水壶踢翻。师父罚我在屋里写文章，开玩笑说写不出来不给饭吃。为了吃上饭，我和几个师兄一起做了一桌素斋赔罪，没想到吃饭的时候，师父指着一道西红柿炒西蓝花说："这是你做的。油大，太咸。"大家都笑，于是这盘菜只好由我一个人吃完。

天悟师父老家在延边，朝鲜族，我称他为"力量与美的结合"，他们却叫他"韩国人"。他的职务是"招客"，负责接电话。小灵通的带子挂在脖子上，机身放在胸前的口袋里，"안녕하세요（韩文'你好'），阿弥陀佛，净业寺……"他接电话的句式，是也。他还负责打开水和撞钟。每天早课完毕，五观堂升起第一缕炊烟时，他就一手五个水瓶从客堂摇摇摆摆地上来了，打完开水，又稳稳当当地走回去。晚饭过后，他会拿出一把吉他，坐到天王殿门口的大石板上，唱起一首来自家乡的歌谣，仿佛远处的群山就是他所思念的人。而我与佛陀相遇的那个雨夜，正是他在大殿里唱着悠扬的钟偈，温暖犹如他的乡谣。他还给我讲他刚出家的时候，忽然意识到以后只能吃素，便一口气在西安城里吃了八个肉夹馍，然后才上山剃了头。现在他每天握着五观堂的大勺，有时候还能从锅里的土豆中闻到当年的肉夹馍味儿。后来，他云游到了浙江义乌一所寺庙，我给他打过一次电话，

说如果路过一定去看望，但遗憾至今未能成行。

跟我最要好的是天显。他从小在寺院长大，但是还没有受过戒，我去的那一年，他还在西安城里上小学。穿着休闲装的时候，他是一个俊朗的少年，换上了僧人的长衫，又透出一股阴柔的灵气。听说他父亲也是一个美男子，生下他后，有天却忽然生起了出离心，遂到寺院落发为僧；母亲追随而来，劝返无果，终于不辞而别。于是他被带到了寺院，白天读经画画，晚上听着他爸给他留下的小收音机入睡。虽然年龄差了七八岁，但是我们很玩得来，经常一起打乒乓球，去山崖上摘木耳。有一次，信众放生到寺里的一只孔雀不见了踪影，他叫上我一起去山里找。浓雾锁山，可视距离估计只有两米。茫茫桦林中，他沿着野猪的脚印，愣是把路带到了位于凤凰山顶的卧龙寺。在周围人反应过来之前，他已经把困在笼中扑腾的孔雀像孩子一样搋进怀里，一路哼着周杰伦的歌回到了净业寺。

后来他上了初中，初中毕业后又上了佛学院。我经常给他寄课外书籍和音乐 CD，每到节假日，他都会给我打来电话，跟我讲终南山又多了什么小动物。有一次他在四川一个寺院学习泥塑，我因外公生病住院也回到了家乡。于是他周末到我家看望。我带他去菜市场买菜，四川人喜欢吃兔肉，菜场经常有活杀兔子的摊位。他站在一堆堆兔毛前，百思不解地看了好久。无奈外公病情没能好转，最终还是离开了人世，天显给我外婆留下了自己做的泥塑小佛，还有一张手写的往生咒。准备离开的那天，我见他速写本上有个女人的形象，他说这是想象中妈妈的形象。他从来没有见过妈妈，长大之后唯一的愿望就是能找到她。我看了看，画里的女人，竟然跟我的妈妈有一点点像。

还有一位短期出家的师兄，每次碰见老人和小孩，大大咧咧的他就会露出憨厚的笑容。遇到不顾危险走小路上山的游客，他又会很严肃地板起脸来：“下次不要走这里啦，终南山没有捷径！”我几次上山期间的杂事，订旅馆车票之类都承蒙他照应。有一次在西安的时候忽然颈椎病犯了，他还陪着我去医院挂号住院，并给我到书店买来一本当时十分想看的书，才让我度过了那段难熬的时间。

出院之后，我和这位师兄一起，到西安城外约二十公里处的少陵原上兴教寺游玩。西安地名多以“原”称，意为黄土高原地区因冲刷形成的高地。世人因大明宫得闻龙首原，因李商隐知道乐游原，因陈忠实了解白鹿原，而少陵原则因为高僧玄奘添了一份深情与伤感。唐僧玄奘从印度取经回长安以后，唐太宗将慈恩寺改建扩建专供他译经。但因地处城内，前来拜会的人太多，译经遂转到长安附近的山中。据《大唐内典录》载，玄奘于唐贞观二十三年（649），陪唐太宗李世民至终南山的翠微宫，是年翻译出了著名的《般若波罗蜜多心经》。没想到，心经翻译出来一个月，太宗驾崩于翠微宫含风殿，时年玄奘48岁。因日夜译经，操劳过度，玄奘最终于唐高宗元年（664）圆寂。高宗听到消息，立刻罢朝志哀，将玄奘遗体安葬在白鹿原上。但因白鹿原地势高敞，在大明宫就可以看见，这让唐高宗触景生情，十分悲伤。669年，高宗下诏将玄奘遗骨移葬在少陵原南侧崖畔，起塔五层。次年，因塔建寺。唐肃宗题塔额曰“兴教”，兴教寺因此得名。后因黄巢起义，墓地被毁，玄奘顶骨迁至终南山紫阁寺，988年被僧人可政带回南京天禧寺供奉。1942年11月被发现，后被南京玄奘寺、灵谷寺，成都文殊院，西安大慈恩寺，台北玄奘寺、新竹玄奘寺，日本埼玉县慈恩寺、奈良三藏院，印度那烂陀寺等九处寺院分藏供奉。玄奘大师的舍利骨去向成为一段传奇，这是在他生前不会想到的吧？

兴教寺里，玄奘墓塔矗立的那座庭院名叫“西园”。我们去的那天是十二月份，没想到园里报春的玉兰已经开了，白色的花和白色的雪让这个深冬显得有些特别。师兄很高兴地对我说：“看来我们走过的地方，都有陌生的神在保佑啊。”什么前奏都没有，他就直接跪在了潮湿的泥地上，无比虔诚地礼佛三拜。我远远地看见清澈的阳光在枝头跃动，有几缕不太调皮的就洒落下来，将他笼罩在一层浅浅的光轮中。没想到，过了一段时间后我再次上山，发现他并不在原来的住处。问起来才知道是已经回了老家，并且因为一些不好的行为，身陷牢狱之中。

听到这个消息时，我的心因受到冲击而跌入深谷。人心有多复杂，佛陀的力量就有多大。业力主宰的六道轮回，决定就在一念之间。要克服多少重世间的迷雾，才能返回那清光遍洒的西园？一生护佑我们的，到底是未知的神灵还是坚若磐石的心念？冬去春回，僧来僧往，外面的世界跟山中是否真的不一样？

第二次去东沟还是一个秋天，路明显比第一次好走。途经好几个茅棚，住的都不是以前见过的师父。到了山谷的柿子树下，那位瘦小的师父听着响动出来了：“我记得你，上次你是不是别了一支白色的发卡？”遂邀请我们进屋喝茶。在无挂碍的心里，记忆就像被放进了一个个整齐的格子，需要的时候可随意调取。而我们的记忆呢，却因为被存放在杂乱无章的心里而每每丢失。我们已经在红尘中翻滚了好几转，他榻上的茶才刚刚喝完一盏。

果如师父在终南山中住了将近十年，他的住所是净业寺里最破旧的房子，却有一个最诗意的名字：旧草庐。泥巴夯成的土墙估计是民国时期留下的，后人无非是换了换屋顶的茅草。现在下雪，屋里有时还能看到雪片从茅草缝里飘落。问起结庐终南的风潮，果如师父如是说：在唐代，佛教成为一种新兴文化，主动来到终南山修行的多是知识分子，所以把僧人称作“师父”，意思是“有文化的人”；而元明清时候，长安已不是当年的政治中心，因为外族入侵，内心苦闷，一些人被动地选择了到终南山避世。当今社会，终南山离政治远了，离文化也远了，但妄图“以苦换乐”、追求捷径的人并不比历史上的任何一个时代要少。至于住山和住在城市有什么不同，他说山中清净，外缘减少，则可用心关注更重要的事。不过现在终南山越来越有名，形形色色的人带着不同目的纷至沓来，外缘也越来越多。于是他下山了，从古都长安来到了新时代的大都会——北京。

今年夏天，在北京的一次读书会上，我见到了《空谷幽兰》的作者比尔·波特，问了他这样一个问题：你的书大卖，终南山火爆，想得道的人蜂拥而至，政府开发也跃跃欲试，会不会影响隐士的清净，从此毁掉这片修行者最后的天堂？答曰：山无界，隐士可入，普通人也可入，修行于终南山，只是出于一种互助的传统。若是觉得打扰，完全可以去其他的山，反正重建一个茅棚又不贵。真正的修行人在沙漠里也能修行，并不会眷恋那里的清净。

可是那年从东沟回来的晚上，我并没有那么洒脱。除了纠结于东沟的变化，还感怀于那些遇见过的有缘人，现在不知身在何方，更不知何时再能相见。狭窄的心，似乎承载不了那么多悲欢。

于是哼起了一首在终南山流传甚广的歌曲《寒山僧踪》：

昨夜访禅登峦峰，山间只一片雾朦胧。
水月镜花，心念浮动。
空不异色，色不异空。
回眸处灵犀不过一点通，天地有醍醐在其中。
寒山鸣钟，声声苦乐皆随风，君莫要逐云追梦。
拾得落红，叶叶来去皆从容，君何须寻觅僧踪。

这是一首现代人根据唐代诗僧寒山的事迹填成的词，并谱上了曲子。虽然据记载，寒山出生在长安，但终南山却没能吸引他，他远赴浙江天台寒岩隐居，自号“寒山子”，行踪不定，唯有《寒山子诗集》流传。他生前寂寂无名，身后却声誉日隆——他没有正式进入哪所寺庙剃度，唐朝苏州城外的寒山寺却以他的号命名；他的诗歌最早传播者是道士，唐人的志怪小说就把他编作成仙的道士下凡；到了宋朝他却被佛家公认为文殊菩萨再世；从二十世纪五十年代起，寒山诗远涉重洋传入美国，美国“垮掉的一代”(The Beat Generation）将寒山奉为偶像，其诗一时之间风靡欧美。

历史往往在艺术中得到演绎。在电视剧《大明宫词》中，太平公主和“诗佛”王维初次见面，两人情谊颇为投合。因为担心陷入爱情，王维不辞而别。二十年后，王维才和太平再次相遇，吐露当时的情愫，背景的琴曲正是这首《寒山僧踪》。有人做过推算，历史上的王维比太平公主小了整整三十五岁。到底寒山是谁？王维和太平之间是否存在一段感情？也许正是因为世事的变幻无常，才有了历史不可捉摸的幽深。

“空山不见人，但闻人语响。返景入深林，复照青苔上。”王维隐居终南时的一首《鹿柴》，得到了苏东坡“诗中有画”的赞誉，而更让人难以忘怀的，是诗中对于无常和空性的解读。事实上对于无常，东坡在《赤壁赋》中也自有一番高论：“盖将自其变者而观之，则天地曾不能以一瞬；自其不变者而观之，则物与我皆无尽也，而又何羡乎！”忘了是哪位师父告诉我，人的一生就是一个“受”，受得了寂寞，受得了喧嚣，受得了无常。当我纠结于为何不见的时候，却忘了问自己，为何要见？或许在时间之外，其余皆是无谓的忧烦。那次从终南山回来后，我自己又写了一首曲子《草木南山》，连同刚刚出版的《空谷幽兰》寄给了本如法师，之后再没有上过终南山。

再沐三昧雨

小时候看过的一个动画片至今难忘：一个小女孩独自在家，一阵龙卷风袭来，把房子连根拔起，连同她一起带到了另一个国度。夏令营之后，我因念念不忘而每每回去。每次回到山上，就像那个身处异国的小女孩。为了追求那片刻清净，有时逃课，有时请假，不惜财力与精力。记不得是哪一年春节，我坐火车途经西安的时候，实在没有忍住，跳下了火车，在车站打了一辆黑出租去了沣峪口，匆匆逛山一圈，又连夜赶回城里，改签当晚回成都的车票。

工作以后第一个夏天，我又上山看望那尊微笑的佛像，恰好又赶上傍晚雨后。正在大殿前踱步时，忽然听到有人在念咒，胸腔的共鸣声似乎就在眼前，但是一看周围又没有人。我来到了大殿后面圆源法师的山房，只见他背对我，在一棵翠竹前站定。听见响动回头时，衣衫拂过竹枝，叶上雨水洒落一地。我十分后悔打扰，但师父并不介意，说他刚打完坐，正在经行时发现我来了。静坐和经行都是修持禅定方法，不同在于静坐是在静中修，而经行是在动中修，恰似哲人沉思的低徊。

圆源师父叫我去山房喝茶，问起我过得怎样。我天南海北一阵乱侃，师父忽然拿起我随身携带的相机给我闪了一张："来看看你的恶鬼相！"只见照片中的我瘦骨嶙峋，笑容因过分夸张而显得变形。"全是烟火气，哪有一点人的样子！"我遂拿起相机，落荒而逃。

毕业前一年我拖着一只装满书的大箱子，到寺里来准备考研，来了之后却每天拍照、爬山，只顾贪恋新鲜的体验，反而忘了最初来这里的目的。考试结果可想而知，随之半推半就进入社会，没想到迅速被忙碌的工作节奏改变了心性。自己不曾觉察，师父却一眼看穿。

“活得庄严，过得精彩”，这是圆源师父第一次见面就留给我的话。我一次次来到终南山，是否参悟了话中真谛？我总是抱怨工作的劳累，却疏于对自己身体的关爱；我只会感叹社会不公，自己却懒于改变。我只顾着一味行走，却忘了为什么要出发。想当年，弘一法师一生致力于对南山律学的研究，然而遍寻资料，他可能终生从未涉足过终南山。终南山，我曾多少次接近你，却远未抵达。

南山向晚秋色满，古壁苔新客迹疏。
细竹拂落三昧雨，清光遍洒经行处。

一切禅定，亦名三昧，系修行者之心定于一处而不散乱之状态。误入圆源法师禅境，并被他打回原形的我，回去之后写下了这么几句诗。如今我的心仍在海面漂，细弱的桅杆常在风涛里摇，但人不应该总是那个龙卷风里盼望父母出现的女孩，或是雨中山门外等待有人撑伞的少年，应如《芒果街上的小屋》中的萨利，用自己的脚走啊走啊，终于找到一间属于自己的美丽的房屋，然后将心在那里播种，等待它发芽，开花。

每当夜晚无眠时，想起万籁俱静的深山中佛陀的微笑，心中总会升起一股平静的喜悦。在我的生命坐标中，终南山就是那个特殊的门牌号。然而屡次误打误撞的我，甚至都没有认真留下路标，仿若“不足为外人道也”的桃花源，该如何再去找到它？需要停下来，在静坐中思忖：真的有一条路可以通向终南山吗？它是否只是攀援记忆和喜好生起的幻觉？王维也好，玄奘也好，形形色色的住山人也好，少年的自己也好，那已成永恒的过往。并不完美的我，需要重新打理好行装，再次踏上那条经行道，直到下一场三昧雨将我浇灌。

我记忆里的江南寺庙

[红尘里那些安静的去处]

费 勇

247 年，康僧会到达南京，孙权为他建了“建初寺”，据说，这是江南最早的佛寺。到了南朝，已经如杜牧所言“三百六十寺”，多不可数。唐代时候扬州城内佛寺就有四十多座，一个小镇如新市就有佛寺十余座。

小时候在湖州，虽然大多数的寺庙已经毁弃，但仍可以见到许多寺庙的遗迹，感觉整个城市里遍布庙宇。寺庙隐藏在山间、岛上，与佛的教义相契合，不难理解，但在红尘闹市里，庙的存在，往往耐人寻味。也许这可以叫作大隐隐于市。虽然在闹市，寺庙的生活仍披着一层神秘的色彩。人们对于寺庙抱着某种想象，就像西方人对教堂一样。因为禁锢，所以，人们易于往高深莫测一方面去想，在大量的古典诗词中，可以见到一个远离红尘的洁净的寺庙境界。

而另一方面，也因为禁锢，寺庙以及教堂诱发了人们的色情绮想，明清小说、《十日谈》，一直到当代的情色影片，修行的圣地恰恰被描写成最激发官能欲望的场所。而在旅游业隆盛的今天，寺庙与教堂除了延续宗教的功能之外，更多的好像承担了观光的功能。无论在教堂还是在寺庙，拥挤着的，是一队一队的游客。常常听到游客的牢骚：到中国去什么地方都看庙，到欧洲去什么地方都看教堂。

在游客的眼里，所有的教堂都是一样的，所有的庙也是一样的。这个一样，就是指相同的建筑样式和内容。很少有游客能够意识到另外一种相同：在时间的流转里，每一座庙和每一座教堂都有着相同的命运模式：建造、毁灭、建造……这样一个周而复始的轮回好像西西弗斯的神话，暗含着人类永恒的宿命：建设的理性与破坏的兽性总是此消彼长。

这种相同赋予了寺庙值得我们流连的因素，赋予了每一座寺庙所蕴藏着的各自相异的命运脉络。许多年来，江南寺庙这样一个名称出现在许多阅读物之中。什么是江南寺庙呢？是存在于江南的寺庙，还是江南风格的寺庙？问题把我们引向学术的论证，也把我们引向回忆与经验。那时候，还没有电灯，庙里的油灯是昏黄的，那个年老的和尚每天在油灯下打坐，什么都想，什么都没有想。

若是在冬天，外面飘着白色的雪花，只有庙里的后院透出淡淡的灯光，所有的人都入睡了吧，又或许有人在梦游,在望着窗外寻找点什么。当然这是在江南。有一个人在午夜进了寺庙，从此再也没有出来。有人说他曾经杀人无数，有人说他曾经荣华富贵。

江南的寺庙，在市镇里，在山水间，是一道寂静的音符吧。最后一次去杭州的灵隐寺是什么时候呢？记住的只是人吧，到处都挤满了人。那么多人，要看些什么呢？那么多人在菩萨的面前，要求些什么呢？江南春天的阳光是缠绵而暖热的，而在庙里，你总是闻到一股清澈的寒意。

妙喜寺

在湖州西南十三公里妙西自然镇西南侧宝积山。宋嘉泰《吴兴志》载："杼山在县西南三一里。"陆羽旧记云："山高三百尺，周回一千二百步，昔夏后杼巡猎之所。今山下有夏王村，西北打夏驾山。"据唐颜真卿《妙喜寺碑记略》："州西南杼山之阳有妙喜寺。梁武帝之所置也。大同七年（541）夏五月，帝御寿光阁，会所司奏请置额，帝以东方有妙喜佛国，因以名之，旧置在今州西全斗山，唐太宗六年（632）春二月移于此山。"唐天宝十四年（755），安禄山反叛，陆羽离故乡湖北天门县到杼山妙喜寺，与僧皎然"结成缁素忘年之交"，时年二十四岁。陆羽在湖州期间，曾长期住妙喜寺，先后在湖、长和浙西地区，用五六年时间进行调查研究，在三十岁时写成世界第一部茶业专著《茶经》。大历八年（773）颜真卿在妙喜寺招隐院编纂《韵海镜源》，陆羽、皎然等东南文士五十余人参与其事。杼山一时形成儒、释、道合流，诗、茶、禅合一的格局。据明成化《湖州府志》、崇祯《乌程县志》郡志以"妙喜"名山。宋治平二年（1065）改妙喜寺为宝积寺。

在春天，下雨的日子，在桃园或梨园、竹园的附近，渔翁戴着青色的箬笠，披着绿色的蓑衣，安坐在湖边垂钓。这样的景致在江南并不难见到。唐朝的张志和，在一千多年前的某个飘雨的春日，在湖州城西郊的西塞山下悠然自得地钓着鱼，风雨仿佛把整个世界阻隔在另外一边，而这一边，只有宁静与清逸：

西塞山前白鹭飞，桃花流水鳜鱼肥。
青箬笠，绿蓑衣，斜风细雨不须归。

这是他当时心境的留痕，隔着千百年的时光，此情此景，依然鲜明迷人。

曾经很多次从西塞山一带走过，那时并没有读过张志和的诗，那山，那水，连同桃花、渔夫，在我的眼中，不过平平常常的。后来读了张志和的诗，却再也没机会去西塞山那里走一趟。回想中的西塞山，勾起我的乡愁，然而，仍觉得平平常常的。

而一切美丽的，都蕴含在平常之中；西塞山往南不远，有妙喜寺，一度沦为废墟。那时我们经过那儿，以为只不过一间败落的寺庙而已，周遭的道路、村落，有一种萧条的气氛，远不及湖州的东面繁华。然而，这一带在唐代曾经是闻名全国的文化中心。之所以成为文化上的一个中心，与著名的诗僧皎然有关。有时候，一个人物就凝聚着一种文化。皎然本是湖州长城县（现在已归长兴县了）人，年轻时云游四方，寻求知识与真理，不久返回家乡，长期住在杼山妙喜寺。经常与他来往的，有中国的茶圣陆羽，还有孟郊、刘禹锡等，颜真卿做湖州刺史时，也常常在妙喜寺与一帮文人聚会。所以，学者们说在上元元年（760）到贞元七年（791）的三十多年间，杼山成了人文荟萃的文化中心。

最后一次经过妙喜寺是在十一年前，汽车经过一个叫妙西的地方（我不知道这地名与妙喜寺是否有关联），在尘土飞扬的路边小站，三三两两等车的人群中浮现一张似曾相识的脸，那是大学时隔壁班的女生，她并没看到我，而我的车也没有停下来。因为这偶然的交错而过，我记住了一张本来早已忘却了的容颜。那次我的终点是长城。那时的长城，是一个公社的所在地，一条坑坑洼洼的街道，稀疏的商店。但一路上连绵不尽的起起伏伏的低矮的山峦，洋溢着隐逸的气息。

寻陆鸿渐不遇

皎然

移家虽带郭，野径入桑麻。
近种篱边菊，秋来未著花。
扣门无犬吠，欲去问西家。
报道山中去，归时每日斜。

陆鸿渐即陆羽，他那时住在妙喜寺附近。“山中去”的陆羽其实并非湖州人，他二十四岁到湖州，五十三岁离开，六十三岁又重返湖州，直到七十二岁逝世。他的墓就在妙喜寺旁，与皎然的砖塔相望。现今的大城市，流行茶艺馆，馆中的字画里往往有陆羽的名字。然而，很少有人知道陆羽是何许人。日本、韩国的茶艺师们有时还到湖州去探访陆羽的遗迹。我自己祖籍湖州长城，自幼在那儿生长，却在很长时间里不知道曾经经过的小径、村落、柴门、溪流、茶园……都留下过皎然、陆羽们的足迹，在遗忘了的空间里，有着多少隽永与美丽，悄无声息地开放着。

想象着明年的春天或秋天，从杭州开始，一路漫游到皎然的故里，在柴门半掩的园子里，按照陆羽《茶经》上的指示，泡一壶淡淡的绿茶……但想来，既没有人与我同行，也不会有童子用柴火为我煮泡茶的泉水。

与陆羽交往十分密切，二人被人称作“缁素忘年交”的皎然写下《饮茶歌诮崔石使君》的诗，道尽“茶道”奥秘：“越人遗我剡溪茗，采得金芽爨金鼎。素瓷雪色缥沫香，何似诸仙琼蕊浆。一饮涤昏寐，情思朗爽满天地；再饮清我神，忽如飞雨洒轻尘；三饮便得道，何须苦心破烦恼。此物清高世莫知，世人饮酒多自欺。愁看毕卓瓮间夜，笑向陶潜篱下时。崔侯啜之意不已，狂歌一曲惊人耳。孰知茶道全尔真，唯有丹丘得如此。”

天宁寺

二十世纪八十年代中期，我在长春读书。每次去长春，都要到常州转乘火车。那段时间我极喜爱徐志摩的诗，受了他那首《常州天宁寺闻礼忏声》的诱惑，有一次特意在常州停留了一晚，想到天宁寺，看看是否能听到令徐志摩激动不已的礼忏声。

时值炎夏，已近傍晚，热浪仍然逼人。曲曲折折地坐着拥挤的公共汽车，穿过常州市区，出东门，就到了天宁寺。像别的名胜景观一样，门口有售票处，有稀稀拉拉的几个游人。寺内寺外到处都有木材、泥水，显示出正在维修的气象。然而，没有见到一个僧人，当然也就没有听到所谓的礼忏声。

天宁寺号称“千年古刹”，是江南四大丛林之一，创建于唐代永徽年间（650—655），其后几次兴废。太平天国与清兵作战时，天宁寺遭到彻底毁坏。从同治年间，直到光绪三十年（1904），花了三十五年，又重新将它修缮一新。而我见到的天宁寺，又经过“文革”时代的摧残。不过，它的恢宏气势依然摄人心弦。站在大殿里，面对巨大的菩萨，我感到自己十分渺小。尽管没有礼忏声，但看着庄严的菩萨像，仍能感受到徐志摩所描写的境界：

这鼓一声，钟一声，磬一声，木鱼一声，佛号一声……乐音在大殿里，迂缓的，曼长的回荡着，无数冲突的波流谐合了，无数相反的色彩净化了，无数现世的高低消灭了……

这一声佛号，一声钟，一声鼓，一声木鱼，一声磬，谐音盘礴在宇宙间——解开一小颗时间的埃尘，收束了无量数世纪的因果。

徐志摩写这首诗是在1923年，那时他刚刚与张幼仪离婚，也刚刚与林徽因终结了恋情。至于陆小曼，似乎尚未认识。但不久以后，他在北京的某个场合认识了祖籍常州的女子陆小曼，便为之倾倒，演出了一场轰轰烈烈的人间爱情剧，成为近代中国可圈可点的才子佳人式的风流传奇。当徐志摩聆听天宁寺的佛号

《常州天宁寺闻礼忏声》
写于1923年10月26日，初载于同年11月11日《晨报·文学旬报》，署名徐志摩。
有如在火一般可爱的阳光里，偃卧在长梗的，杂乱的丛草里，听初夏第一声的鹧鸪，从天边直响入云中，从云中又回响到天边；
有如在月夜的沙漠里，月光温柔的手指，轻轻的抚摩着一颗颗热伤了的砂砾，在鹅绒般软滑的热带的空气里，听一个骆驼的铃声，轻灵的，轻灵的，在远处响着，近了，近了，又远了……
有如在一个荒凉的山谷里，大胆的黄昏星，独自临照着阳光死去了的宇宙，野草与野树默默的祈祷着。听一个瞎子，手扶着一个幼童，铛的一响算命锣，在这黑沉沉的世界里回响着：
有如在大海里的一块礁石上，浪涛像猛虎般的狂扑着，天空紧紧的绷着黑云的厚幕，听大海向那威吓着的风暴，低声的，柔声的，忏悔它一切的罪恶；
有如在喜马拉雅的顶颠，听天外的风，追赶着天外的云的急步声，在无数雪亮的山壑间回响着；

声时，他的内心其实并不平静。

在天宁寺门外，与路边小店铺里的老者聊天，听到了一些与徐志摩的故事完全不同的人与事。乾隆皇帝曾经六次下江南，有三次到了天宁寺，第一次赐给方丈“银牌荷包”，第二次赐给方丈“紫衣”，第三次除御笔题写“龙城象教”匾额，还为大雄宝殿撰楹联：“合相证三摩，光融西竺；众香超万有，界现南兰。”又据说，乾隆当年在天宁寺吃完素斋后，赐给方丈一盘鸡蛋。方丈一时不知如何为好，情急之下脱口说道：“皇上赐我一盘桃，又无核来又无毛。老僧带你西天去，免在阳间吃一刀。”

“大雄宝殿”四字出自清代光绪年间翰林院编修、常州著名书法家费念慈。“不二法门”出自晚清洋务派先驱、吴县书法家冯桂芬。谢稚柳、苏局仙、沈定庵、沙孟海、刘海粟等的墨迹历历在目。

那晚住在一间狭窄阴暗的小旅舍，靠着不断想象未来的美好前程，才得以战胜炎热与蚊虫的联袂进攻，勉强入睡。睡梦中确乎听到佛号与木鱼声。第二天又挤在闷热的火车里，熬了四十多个小时才到达长春。此后又有几次经过常州，却再也没有去天宁寺。

有如在生命的舞台的幕背，听空虚的笑声，失望与痛苦的呼答声，残杀与淫暴的狂欢声，厌世与自杀的高歌声，在生命的舞台上合奏着；
我听着了天宁寺的礼忏声！
这是哪里来的神明？人间再没有这样的境界！
这鼓一声，钟一声，磬一声，木鱼一声，佛号一声……乐音在大殿里，迂缓的，曼长的回荡着，无数冲突的波流谐合了，无数相反的色彩净化了，无数现世的高低消灭了……这一声佛号，一声钟，一声鼓，一声木鱼，一声磬，谐音盘礴在宇宙间——解开一小颗时间的埃尘，收束了无量数世纪的因果；
这是哪里来的大和谐——星海里的光彩，大千世界的音籁，真生命的洪流：止息了一切的动，一切的扰攘；
在天地的尽头，在金漆的殿椽间，在佛像的眉宇间，在我的衣袖里，在耳鬓边，在官感里，在心灵里，在梦里……
在梦里，这一瞥间的显示，青天，白水，绿草，慈母温软的胸怀，是故乡吗？是故乡吗？
光明的翅羽，在无极中飞舞！
大圆觉底里流出的欢喜，在伟大的，庄严的，寂灭的，无疆的，和谐的静定中实现了！
颂美呀，涅槃！赞美呀，涅槃！

大明寺

大明寺是在扬州吧。扬州其实从地理上而言，并不在江南，而在江北，但近代以前人们习惯于把扬州当作江南，而且是重要的江南名城。这一则是因为从前扬州管辖的区域大多位于江南，另一方面也说明，江南并非纯然的地理概念，而是一个带着意向性的词语，例如我们说“塞北江南”，江南一词在此成了繁华的指标。所以我们说从前的江南，不可能离开扬州，扬州是一段挥之不去的繁华梦。然而，扬州不只是青楼，不只是奢侈，不只是醉生梦死，还有清明的思想和灵气，别的不说，单单以大明寺所引出的话题，就足以成为扬州的另一种叙述。

大明寺现在是一个旅游景点，看不看没有什么所谓，但是，与这个寺庙有关的一个人，也许是值得我们去了解的。尤其在今天这样一个浮躁的年代，这个人物是一种静心和坚韧的启示。他的名字叫鉴真。许多年来，我一直向往着有一天，能够抛开一切的俗务自由自在地上路，云游四海。有三条路线是我特别向往的：一是佛教从诞生起逐渐在东亚流传的路线；二是玄奘去印度取经的路线；三是鉴真东渡日本的路线。如果我们重新走走这些路线，大概不仅仅是身体的旅行，更是心灵的旅行吧。

鉴真为唐朝中宗年代的人，出生在扬州，俗姓淳于。年轻时有一次随着父亲去大云寺，面对佛像时突然有所感悟，回家后就向父亲提出要出家为僧，于是，到了智满禅师门下修行。后来，又往长安、洛阳等地游学，潜心于戒律宗修习，终于成为一代戒律宗师，主持扬州的大明寺。那时候，日本的僧人非常希望中国的戒律师到日本去传戒，但一直没有人愿意去。由于各种因缘，他们找到了鉴真，那时候，他已经五十五岁了。他听完日本僧人荣睿和普照的请求，问座下的弟子：你们有谁愿意到日本传法？

弟子们都默然不语，在那个年代，中国到日本的路途艰险，几乎注定是一去不回。过了一会儿，弟子祥彦开了口，大意是说，日本非常遥远，能够渡大海而生还的希望极其微小，世间之物生为人身固然很困难，生于中国也颇为难得，我们在老师的门下修行，还没有十分悟道，因此不敢回答老师的问题。鉴真听了，慈祥地对弟子们说：这是传法，生命不足惜，如果你们不愿意东渡，那我就自己一个人去了。祥彦马上匍匐在地：如果老师决意东渡传法，弟子愿追随于后。结果，有十七名弟子决定跟随鉴真大师。

此后五次渡海，都以失败告终。祥彦去世了，荣睿死在广州七星岩。鉴真的眼睛也失明了。然而，失明的鉴真继续了第六次的渡海，终于越过日本海峡，到了日本的唐招提寺。佛法从此在日本兴盛起来。鉴真最终没有能够回到故乡。据说，他圆寂之际，呼唤了弟子祥彦的名字，那时候，他眼前是否浮现出故国江南的风景呢？

在才子佳人的江南，还有鉴真这样的人。说到此，我想起了徐霞客，这位明代末叶的旅行家，虽然不是佛教徒，但在我看来，他与鉴真实在属于同一类人，都是那种脱离了功名利禄束缚的人，都是具有一种信徒的人格，按照自己内心的呼唤去生活、去行动。鉴真把人生的价值定格于佛法的弘扬，因着这种信念，什么困难都无所畏惧。徐霞客把人生的价值，定格于对于未知事物的探索，因着这种好奇心，他完全放弃了那个时代主流的人生道路——通过科举显达而成为一个不断上路的行者。如果没有记错，徐霞客好像也是扬州一带的人吧。

由徐霞客又想到我的湖州同乡潘德明，在二十世纪初骑自行车环游世界一周，据说，是全世界第一个。江南有脂粉气，有才子气，但也有英雄气。还有像鉴真、徐霞客这样的“痴”气，或痴迷于信仰，或痴迷于“行”，或痴迷于“艺”，或痴迷于“书”。写到这里，想起许多从前在江南时候带点痴气的同学朋友，那种可爱而略有点滑稽的神情，也算是一种江南的韵味吧。

灵隐寺

大概在 1980 年，第一次到灵隐寺，在公共厕所的墙上见到许多涂鸦，大抵是外地人对杭州人的印象，其中有一句：灵隐寺真灵。不知道这位书写者因为什么愿望达成了，而如此赞美灵隐寺。后来几次到灵隐寺，都看到很多很多的人排着队要在那里烧香。前几天上网，无意中读到一个人的帖子，是一首诗，大意是他到灵隐寺去拜佛祈求自己能够泡到妞，果然，不久就泡到了，所以，诗的最后一句还是：灵隐寺真灵。这位网上的诗人不会与二十多年前灵隐寺旁厕所里的涂鸦者是同一个人吧？我自己几次到灵隐寺，想求点什么，但每次仰望着佛像，就不知道要求什么好。所以，不知道灵隐寺到底灵验不灵验。

不过，灵隐寺那一带肯定有一种神灵的灵气。至少，东晋时候的印度高僧慧理是这样坚信不移的。据说，他到杭州后有一天走到城外，见到一座山峰，感觉很像印度的灵鹫峰，说：“此天竺（古印度）灵鹫峰之一小岭，不知何代飞来？佛在世日，多为仙灵所隐，今复尔耶？”于是在这里结庐而居，把山叫作飞来峰，建寺为灵隐寺。“飞来”这个名字给人一种凌空之感。岭南一带还有飞来寺。一座山，一座寺庙，不属于此地，而是从别处飞翔而来。在静止的形态里，这个名字把我们的思想引向飞翔的动态。

在此后的漫长年代，有无数的文人骚客游览过灵隐寺。

灵隐寺

贾岛

峰前峰后寺新秋，绝顶高窗见沃洲。
人在定中闻蟋蟀，鹤于栖处挂猕猴。
山钟夜度空江水，汀月寒生古石楼。
心欲悬帆身未逸，谢公此地昔曾游。

袁宏道《冷泉亭小记》:“灵隐寺在北高峰下，寺最奇胜，门景尤好。由飞来峰至冷泉亭一带，涧水溜玉，画壁流青，是山之极胜处。”又提到他曾经读到白居易的游记，说冷泉亭在山下的水中，在春天和夏天的阳光里，是如何涤人心肺。因而他很感慨，自己所见到冷泉亭，已经不在水中，而在涧边了，冷泉的景色之美，比白居易那个时代“减十分之七矣”。从白居易的唐朝到袁宏道的明代，几百年的时间；从明代到现在，又过了几百年，灵隐一带的风景比之于唐朝或更早的东晋，不知道已经减了多少。

但是，人们仍然络绎不绝地来到这里。1918 年 7 月，李叔同在看透了人世的虚幻之后，就从杭州城里辞掉教职，并把自己的家当送给别人，一身轻松地到了虎跑，剃掉了头发，披上了袈裟，把名字改作了弘一。当年九月，他到了灵隐寺，受比丘戒，并读了《宝华传戒正范》《灵峰毗尼事义集要》。无论亲人或情人或朋友在寺外如何苦苦等待，再也不回头了。李叔同突然出家，在许多人看来，是一种传奇，其实很平常，是生命回到了常态而已。

真正的传奇要往前推，回到唐朝。张岱在《陶庵梦忆》里记述了这么一件事：唐朝时候的诗人宋之问有一次经过杭州，住在灵隐寺右边的韬光庵里，夜半时分，月光皎洁，他在长廊里吟诗，想出了前两句:“鹫岭郁岧峣，龙宫锁寂寥”，却怎么也接不下去了。这时，一个老和尚点着长明灯出来，问他为什么深夜不睡，他就说了缘由，老和尚立即吟出了后面两句：“楼观沧海日，门对浙江潮。”宋之问大吃一惊，知道是遇到了高人。第二天想去专门拜访，却不见了踪影。有人说，老和尚就是骆宾王。

图书在版编目（CIP）数据

呼唤洁净的世界 / 陈坤等著 ；费勇主编 . — 北京 ：北京联合出版公司，2013.3

ISBN 978-7-5502-1389-0

Ⅰ．①呼… Ⅱ．①陈… ②费… Ⅲ．①散文集－中国－当代 Ⅳ．①I267

中国版本图书馆 CIP 数据核字 (2013) 第 037976 号

行走 MOOK 002

呼唤洁净的世界

主编 费 勇

选题策划 陈 坤
文字统筹 纪 汶 汐
编务统筹 王 慧 雯
视觉统筹 施 伟 宏
美术设计 刘 婷
装帧设计 陈 铖
版式设计 唐 莉
责任编辑 史 媛
特约编辑 孙 秋 臣
特约监制 阚 牧 野
责任校对 吴 海 平

出品／東申九歌

出版发行 北京联合出版公司
社 址 北京市西城区德外大街 83 号楼 9 层 100088

印 刷 者 廊坊市兰新雅彩印有限公司印刷 新华书店经销
开 本 787 毫米 ×1092 毫米 1/16
印 张 19.25
字 数 320 千字
版 次 2013 年 3 月第 1 版
印 次 2013 年 3 月第 1 次印刷
书 号 ISBN 978-7-5502-1389-0
定 价 48.00 元

特别鸣谢：

青海省西宁市人民政府　西宁市文广局　西宁市旅游局